किसकी राह देखें हम

किसकी राह देखें हम

राज ऋषि शर्मा

राजर्षि प्रकाशन

नागवनी रोड, जम्मू

राजर्षि प्रकाशन

नागवनी रोड, जम्मू

पहला संस्करण, 2024
कीमत: रु.199.00

कवर पृष्ठ: अनु अत्रि 'याद'

राज ऋषि शर्मा हिंदी, डोगरी तथा अंग्रेजी भाषा के सुप्रसिद्ध लेखक हैं। मुख्य रूप से यह हिंदी में ही लिखते हैं। अब तक उनकी कई पुस्तकें एवं रचनाएं विभिन्न पत्र-पत्रिकाओं, संग्रहों में प्रकाशित तथा आकाशवाणी द्वारा प्रसारित हो चुकी हैं।

राज ऋषि शर्मा 1975 में 'महक' तथा 2022 में 'महकती वाटिका' पत्रिका के संपादक एवं प्रकाशक भी रहे हैं। इसके अतिरिक्त 1977 में 'राजर्षि कल्चर क्लब' का संचालन भी इन की प्रमुख गतिविधियों में सम्मिलित रहा है।

वर्तमान में, वह लेखन कार्य के अतिरिक्त 'महकती वाटिका' नामक काव्य संग्रहों की श्रृंखला के संपादन और प्रकाशन में भी लगे हुए हैं।

राज ऋषि शर्मा 'साहित्यालंकार' तथा 'साहित्य श्री' की उपाधि से भी सम्मानित किये जा चुके हैं।

किसकी राह देखें हम

जम्मू शहर से लगभग अठाईस किलोमीटर दूर चिनाब दरिया के पुल के साथ साथ एक मार्ग है, जो तीन किलोमीटर पूर्व की ओर चलने पर एक छोटी सी पहाड़ी की ओर मुड़ जाता है। जहां से थोड़ा ऊंचाई का आरम्भ हो जाता है। जैसे जैसे इस मार्ग पर चलते जाएँ मौसम बहुत ही मनोरम होना आरम्भ हो जाता है। गर्मियों का मौसम हो, तो भी धीरे-धीरे गर्मी का एहसास कम होने लगता है और सुहावनेपन के साथ साथ कुछ ठंडक का भी एहसास होने लगता है। किन्तु आसपास के मनोरम दृश्य और स्वस्छ वायु के सानिध्य से जो आनंद और आराम मिलता है, उसकी बात ही कुछ और है।

शहर की भीड़-भाड़ वाली जिंदगी से दूर इस प्राकृतिक स्थल पर रच बस जाने को जी चाहने लगता है। लगता है जीवन यदि है तो ऐसे ही स्थानों पर है। ऐसे स्थान मन को पूरी तरह से हर लेते हैं। दूर दूर तक फैली हुई पर्वत श्रृंखला, जंगलों से बहती हुई हवाओं का सांय सांय का स्वर बहुत सुहावना प्रतीत होता है। फिर यूँ ही पहाड़ी की ऊंचाई पर पहुँच जाते हैं तो आस पास के नयनाभिराम दृश्यों के साथ साथ ही दूर दूर तक के दृश्य भी मन को मोहित कर लेते हैं। कहीं कहीं पर बने हुए दो दो तीन तीन घर हैं तो कहीं पर साथ साथ बने हुए आठ दस घर भी हैं, जो एक छोटे गांव की भाँति ही दिखाई देने लगते हैं।

जहां रहने वालों के लिए प्राकृतिक सुख सुविधाओं के साथ साथ ही बहुत सी कठिनाईयां भी हैं, जिनका इन्हें आमतौर पर सामना करना पड़ता है। वैसे तो इन लोगों की आवश्यकताएं ही बहुत कम होती है लेकिन इन लोगों ने उसी हिसाब से अपने आप को एडजस्ट कर लिया

होता है, किन्तु इसके उपरांत भी बहुत सी आवश्यकता की वस्तुओं को लाने के लिए उन्हें नीचे 'हाट' में जाना पड़ता है। डॉक्टर वगैरह की सुविधा के लिए यहां पर एक 'प्राइमरी हेल्थ सेंटर' है, किन्तु यहां भी डॉक्टर कभी कभार ही मिलता है। बीमार हो जाने पर अधिकांश बड़े बुजुर्गों के बताये हुए देसी टोटकों से ही काम लिया जाता है या अधिक बीमार हो जाने पर रोगी को नीचे ले जाना पड़ता है, जिसके लिए बहुत कठिनाई का सामना करना पडता है।

सरकारी सुविधा के नाम पर यहां पर एक छोटा प्राइमरी स्कूल भी है, जिसमें तीस के करीब बच्चे पढ़ने के लिए आते हैं। दो अध्यापक और एक चपड़ासी है। वो ही स्कूल को चला रहे हैं।

फिर इसके साथ ही यह भी याद आने लगता है कि वह स्कूल भी जाता था। राज कुमार नाम के अध्यापक थे जो उसकी कक्षा के फॉर्म टीचर थे। बहुत अच्छे थे। हालांकि कभी कभी शरारतें करने पर पिटाई भी कर दिया करते थे, किन्तु पढ़ाया बहुत ही अच्छा करते थे। फिर माधव के साथ उसकी बनती भी बहुत थी। कक्षा में राम लाल तथा जनक राज नाम के भी अध्यापक थे। वो भी कभी कभी उसको पढ़ाते थे। फिर भी राज कुमार उसको अधिक अच्छे लगते थे।

याद है उसको, जब उसने पांचवीं की कक्षा पास कर ली थी तो तब उसने पढ़ाई छोड़ दी थी, क्यूंकि यहां स्थित स्कूल में आगे की कोई कक्षा ही नहीं थी। फिर यहां से दूर कसबे में पढने के लिए भेज पाना उसके माता पिता के बस में भी नहीं था।

शायद उनकी सोच भी एक प्रकार से ठीक ही थी। माधव की दो छोटी बहनें भी थीं। एक नौ वर्ष की और दूसरी सात वर्ष की। बड़ी बहन का नाम अनुराधा थी और छोटी का रन्नो। फिर उन्हें दोनों बेटियों के भविष्य का भी तो ख्याल रखना था। परिवार में आमदनी का कोई

विशेष साधन तो था नहीं। थोड़ी सी जमीन थी और कुछ पशु, जिनसे जो आय हो जाती उससे ही जैसे तैसे निर्वाह करते थे।

अध्यापक राज कुमार जी ने उसके माता पिता को भी बहुत कहा था कि यह पढ़ने में होशियार है, इसे जैसे भी हो आगे पढ़ने के लिए भेज दो, किन्तु उसके माता पिता ने अपनी स्थिति देखते हुए इसके लिए अपनी असमर्थता जाहिर कर दी। जिससे वह आगे नहीं पढ़ पाया था। उस समय माधव की उम्र ग्यारह वर्ष के करीब थी। समय कितनी जल्दी गुजर जाता है, कुछ पता ही नहीं चलता। आज उसकी आयु कितनी हो गयी है। सोचते सोचते उसे फिर अपने परिवार का और आस पास रहने वाले लोगों का ध्यान हो आया।

इसके साथ ही याद आने लगा कि गांव में पानी की कितनी समस्या थी। जो अभी तो कुछ कम हो गई है, किन्तु उन दिनों तो यह बहुत गंभीर समस्या थी। मौसम के अनुसार पानी की समस्या कम या अधिक हो जाया करती थी। लोगों को दूर दूर से लाना पड़ता था। चश्मे या झरने यहां पर उन दिनों बहुत कम थे। इसलिए कभी कभी तो पानी के लिए साथ बह रहे दरिया तक भी जाना पड़ता था। फिर भी, इस सब के उपरांत भी यहां रहने वाले लोग खुशहाल थे। साधारण जीवन यापन करते थे और सब के साथ प्रेम भाव से मिलते थे। अब समय की बहती हवा के साथ साथ बहुत परिवर्तन हो गया है।

सोचते सोचते माधव के होठों पर वेदनामय भाव उभर आये। इसके साथ ही उसकी दृष्टि दायीं ओर बहते चिनाब दरिया की ओर चली गई। जिसे देखते हुए सहसा ही उसका चेहरा बहुत उदास हो गया। आँखों में आंसू छलक आये। जाने अनजाने में वह न जाने किन ख्यालों की वादियों में मचलने लगा। आंखें स्वयंमेव ही धुंधलाने लगीं। उसके बढ़ते कदम ठहर गए और वह वहीं पर रुक सा गया।

वह दरिया जिसके नाम प्यार मोहब्बत की अनेक दास्ताँ लिखी हुई हैं। जिसे कुछ लोग प्रेम का दरिया भी कहते हैं। कहते हैं कि इसका पानी ही कुछ ऐसा है कि इसे पीने वालों के भीतर स्वयमेव ही प्यार की भावना मचलने लगती है।

माधव अक्सर बचपन में इस दरिया के किनारे अपने मवेशियों को चराने के लिए ले जाया करता था। सारा सारा दिन इसी के किनारे विचरते हुए गुजर जाता था। कभी मवेशियों के पीछे पीछे भागते हुए तो कभी जब वो सुस्ताने लगते तो तब अपनी ही धुन में बैठे हुए गुनगुनाने लगता या फिर सामने आम के पेड़ के नीचे जाकर लेट जाया करता था।

गर्मियों के दिनों में तो यहां पर और भी अच्छा लगता था, जब आम के वृक्ष पर से पत्थर मार मार कर आम उतारते और दरिया की ओर से आती ठंडी हवा के झोंकों के संग मजे से खाते।

ऐसे ही एक दिन की बात है, जब वह आम के वृक्ष के नीचे मस्ती में बैठा हुआ था तो सामने दरिया के किनारे पत्थरों के बीच एक पत्थर पर एक जलपरी खड़ी दिखाई दी। हां ! पहली नजर में वह एक जलपरी की तरह ही दिखाई दी थी। शायद इसलिए कि इस भरी दोपहर में एक सुंदर लड़की का इस प्रकार दरिया के किनारे पत्थरों के बीच टहलते दिखाई देना कुछ अजीब सा लग रहा था। उस के लम्बे लम्बे सुंदर बाल हवा के झोंकों के साथ हवा में इस तरह से लहरा रहे थे कि जैसे ही वह उन्हें अपने हाथों से हटाती तो उसका सुन्दर चेहरा ओर भी अधिक सुन्दर दिखाई देने लगता था।

माधव ध्यान से उसे देख रहा था। पहले तो यह कभी भी वहां पर नहीं दिखाई दी थी। आज यह कहाँ से निकल कर आ गई हैं। लगता है इस दुनिया से ही निकल कर चली आई है। शायद उसे नहीं मालूम है

कि यहां पर कोई और भी है जो अपलक उसकी ओर निहार रहा है। मालूम होता तो शायद यूँ बेखबर नहीं टहल रही होती। वापस दरिया में ही चली गई होती।

जो भी है, लग बहुत ही खूबसूरत रही थी। हालांकि माधव से वह लगभग सौ फुट दूर होगी, और पूरी तरह से उसका चेहरा दिखाई भी नहीं दे रहा था, किन्तु उस पर भी उसकी मात्र झलक भर से लग रहा था कि वह कुदरत का बनाया हुआ एक अनमोल शाहकार है।

मन कर रहा था कि वह उठ कर उसके पास चला जाए और उस से बातें करे लेकिन अगले पल ही यह सोच कर कि कहीं उसके पास जाने से कहीं वह फिर से दरिया में ही ना लुप्त हो जाए, वह उसके पास जाने की हिम्मत ना कर सका।

फिर भी मन में कौतुहल ने अपनी जगह बना ही ली थी कि आखिर ऐसे स्थान पर यह अकेली लड़की है कौन ?

आखिर माधव से रहा नहीं गया। स्वाभाविक आकर्षण था या कौतूहल ! उसने उठ कर पास जाने का सोच लिया और उठ कर उसकी तरफ चल पड़ा।

जैसे ही वह उसके पास पहुंचा, सब से पहले उसकी नज़र उसके पांवों की ओर चली गई। साफ़ हो गया कि वह जलपरी नहीं थी। उसके पांव साधारण लड़कियों की तरह ही थे। जलपरी जैसा कुछ नहीं था।

आहट पाते ही वह माधव की तरह घूमी। दोनों की नज़रें आपस में टकराईं। किन्तु कहा किसी ने भी कुछ नहीं। लड़की फिर से दृष्टि घुमा कर दरिया के पानी की ओर देखने लगी और माधव एकटक उसकी ओर।

सहसा ही जब रहा नहीं गया तो माधव ने ही पूछ लिया, 'कौन हो तुम ? पहले तो तुम्हें कभी यहां पर नहीं देखा ?"

लड़की ने कोई भी जवाब नहीं दिया और चुपचाप दरिया की लहरों की ओर ही देखती रही।

"तुम बहुत ही खूबसूरत हो। कहाँ से आईं हो ?" सहसा ही माधव के मुंह से निकल ही गया।

माधव ने उस तरफ देखा जिस तरफ उस लड़की ने इशारा किया था।

माधव के घर से दायीं और पहाड़ी के ऊपर चार पांच घर थे, जिनके बारे में उसे अधिक नहीं मालूम था। फिर उसने लड़की की ओर अपनी नज़र घुमा ली, "यूँ ही पूछ लिया था। पहले कभी देखा नहीं था ना तुम्हें यहां पर।"

"मैं आज पहली बार ही इस तरफ आई हूं।" उस लड़की ने उसकी ओर देखते हुए उत्तर दिया।

"पहली बार ही आई हो ? वैसे भी तुम्हें कभी कहीं देखा नहीं ना, इसलिए पूछा था।"

"नहीं ऐसी तो कोई बात नहीं है। तुम भी तो इससे पहले कभी दिखाई नहीं दिए।"

"मैं तो अक्सर जहां पर अपने मवेशियों को चराने आया करता हूँ।"

"तुम्हारा नाम क्या है ?" माधव ने उससे पूछा।

"आद्रिका।"

"आद्रिका।" माधव ने दोहराया।

लड़की ने कोई उत्तर नहीं दिया। बस, चुप्पी से अपनी गर्दन थोड़ी सी हिला दी।

"मेरा नाम माधव है। मैं यहां सामने बाईं ओर जो बहुत से घर दिखाई दे रहे हैं। मैं वहां पर रहता हूँ। मेरे बाप का नाम विष्णु है।"

फिर उन दोनों में कुछ देर के लिए खामोशी सी छा गई। थोड़ी देर के पश्चात माधव ने ही कहा. "तुम्हें यहां पर अकेले आने में कोई डर नहीं लगता ?"

"डर ! डर किस बात का ?" आद्रिका ने आश्चर्य से पूछा।

"भूत प्रेतों से, चुड़ैल से ?" माधव ने कहा था।

"चुड़ैल से ?" आद्रिका माधव की बात सुनकर खिलखिला कर हंस पड़ी।

"तुम, हंस क्यों रही हो ?" उसे इस प्रकार हँसता देख कर माधव ने पूछा।

"मैं इन सब से नहीं डरती।" आद्रिका ने कहा।

"अच्छा तब तो तुम बहुत बहादुर हो।" माधव ने मुस्कुराते हुए कहा।

"हां ! वो तो हूं ही।" आद्रिका ने मुस्कुराते हुए कहा, "कोई संदेह है क्या?"

"नहीं, नहीं ! सन्देह किस बात का। मैने तो तुम्हारी तारीफ ही की है।" माधव ने कहा।

"तारीफ की या मेरा मजाक उड़ाया।"

"तारीफ की है। मजाक उड़ा सकता हूं भला।"

"तुम्हें मालूम है आद्रिका का क्या मतलब होता है ?" मुस्कुराते हुए ही आद्रिका ने पूछा।

"नहीं !" माधव ने गर्दन हिला दी, "किसे कहते हैं ?"

आद्रिका का अर्थ होता है एक अप्सरा।" कहते हुए आद्रिका एक बार फिर से मुस्कुरा दी।

प्रतिउत्तर में माधव ने कुछ नहीं कहा। बस ! अपलक दृष्टि से उसकी ओर देखता रहा। सच में ही यह एक अप्सरा ही तो थी।

"अच्छा ! अब मैं चलती हूँ।" आद्रिका ने मुस्कुराते हुए कहा और घर जाने के लिए मुड़ गईं।

माधव को सहसा ही इस प्रकार आद्रिका का वापस चल देना अच्छा नहीं लगा। वह उसे रोक लेना चाहता था। अभी उस से कुछ और बातें करना चाहता था। लेकिन चाहते हुए भी वह उसे रुकने के लिए कह नहीं सका।

फिर भी उसके मुंह से सहसा ही निकल ही गया, "अब फिर कब मिलोगी?"

माधव की बात सुनकर पलभर के लिए आद्रिका रुकी। उसने मुस्कुरा कर माधव की ओर देखा और हथेली से 'बॉय !' कहते हुए जाने का इशारा किया और अपने रास्ते पर चल पड़ी।

"बॉय !" धीमे से माधव ने भी कहा और उसे बहुत देर तक जाते हुए देखता रहा।

(2)

कब इंसान बचपन की सीढ़ी पा कर युवावस्था में प्रवेश कर जाता है और कब उसकी युवावस्था पीछे भी छूट जाती है, इसका पता भी नहीं चल पाता, और जब भी कुछ पता चलता है तो तब तक बहुत देर हो चुकी होती है।

माधव को तो अब रोज ही उसका इंतज़ार रहता था। अब तो वह मवेशियों को चराने के लिए भी पहले से कहीं अधिक जल्दी निकल जाया करता था। फिर आने के समय भी पहले की अपेक्षा वह बहुत देर से ही घर वापस आया करता था। किन्तु आद्रिका उसे नहीं दिखाई देती थी।

माधव को लगता था कि आद्रिका, आद्रिका नहीं वास्तव में एक जलपरी ही थी। जो अचानक ही उसे उस दिन एक लड़की के भेष में मिली थी और अब सदा-सदा के लिए ही गायब हो गई है। उसने उसके विषय में जानने का प्रयास भी किया किन्तु उसे कुछ भी पता ना चल सका।

फिर अनायास ही वो दिन भी आया, जिस दिन वह एक बार फिर से दिखाई दी। दरिया के किनारे। उन्हीं पत्थरों के बीच टहलती हुई और दरिया के पानी की लहरों की ओर निहारती हुई।

उस दिन जब माधव ने उसे देखा तो दूर से ही चिल्ला कर उसे आवाज़ दी, "आद्रिका !"

आद्रिका ने भी पलट कर उसकी ओर देखा और धीमे से मुस्कुराते हुए हाथ से स्वागत की मुद्रा में इशारा कर दिया।

माधव दौड़ता हुआ उसके पास चला आया। वह हर्ष विभोर था।

"कहाँ थी तुम इतने दिनों से। इतने दिन दिखाई ही नहीं दी। आज दिखाई दी हो इतने दिनों केपश्चात ?"माधव ने उसे उलाहना देते हुए कहा।

"हाँ ! सच में ही, मैं अपनी मौसी के घर उसकी बेटी की शादी में चली गई थी।" मानों आद्रिका ने उस से क्षमा माँगते हुए अपनी सफाई दी।

"अब तो नहीं जाओगी ना ?' माधव ने कहा।

"नहीं जाउंगी !" आद्रिका ने भी मुस्कुराते हुए कहा।

"रोज मिलोगी। ?"

"हाँ ! रोज मिलेंगे।"

ना जाने किस्मत भी कैसे कैसे खेल खेलती है। आदमी चाहते न चाहते हुए क्या क्या सोचता रहता और किस्मत उसके लिए कुछ ओर ही सोचती चली जाती है। मनुष्य को पता भी नहीं चलता।

दिन व्यतीत होते गए। उनकी मुलाक़ातें भी बढ़ती चली गईं। कभी आद्रिका उसके पास आकर उसके साथ ही आम के पेड़ के नीचे बहुत देर तक बैठी रहती। माधव आम के पेड़ से उसके लिए आम उतार कर लाता और फिर दोनों ही दरिया के किनारे बैठ कर उन्हें ठंडा कर के खाया करते। कभी कभी जैसे ही समय मिलता, वह देखता कि उसके मवेशी आराम करते हुए सुस्ता रहे हैं तो वो दोनों दरिया के किनारे किनारे ही टहलते हुए थोड़ी दूर तक भी चले जाया करते थे।

इसी प्रकार चार साल का अंतराल हो गया उनको आपस में मिलते हुए।

कैसी विचित्र बात है, सहसा ही दो अजनबी मिल जाते हैं और

फिर उनमें ऐसा अपनापन पनपने लगता है कि उनमें अजनबीपन हमेशा के लिए ही समाप्त हो जाता है। वो दोनों इस प्रकार घुलमिल गए थे जैसे वो कभी अजनबी थे ही नहीं।

फिर एक दिन ऐसे ही घूमते घूमते माधव ने आद्रिका से कह दिया था, "आद्रिका ! इतना समय हो गया है हम दोनों को मिले हुए, मुझे लगता है कि अब हम एक दूसरे के बिना नहीं रह सकते। मैं तुम्हें सदा सदा के लिए अपनी बना लेना चाहता हूँ। मैं तुम से शादी कर लेना चाहता हूँ।"

माधव की इस बात पर आद्रिका मुस्कुरा कर रह दी थी, कहा उसने कुछ भी नहीं था। इस पर माधव ने फिर कहा था, यदि मेरी शादी तुमसे नहीं हो सकी ना तो जिस दिन तुम्हारी डोली उठेगी उस दिन मेरी अर्थी उठेगी।"

"ऐसा मत कहो माधव !" माधव के ऐसा कहने पर आद्रिका ने अपनी चुप्पी तोड़ते हुए कहा था."यह इतना आसान भी तो नही माधो ! "आद्रिका माधव को माधो ही कहा करती थी।

"क्यों आसान नहीं ?" माधव ने पूछा था, "यदि हमारे माता पिता नहीं भी माने तो हम भाग जाएंगे और दुनिया के किसी दूसरे कोने में जा कर शादी कर लेंगे।"

"क्योंकि......" कहते कहते आद्रिका रुक गई थी।

"मतलब ?" माधव ने पूछा था।

इससे पहले की आद्रिका कोई जवाब दे पाती, उसे अपनी बहन अनुराधा की आवाज़ सुनाई दी। अनुराधा उसे आवाज़ दे कर बुला रही थी। माधव और आद्रिका दोनों ही आपस में बातों में इस प्रकार से तल्लीन थे कि उन्हें सुनाई ही नहीं दिया था कि माधव की बहन कब से आवाज़ दे कर उसे बुला रही थी। जैसे ही माधव को उसकी आवाज़

सुनाई दी हड़बड़ा कर हाथ हिलाते हुए अनुराधा को अपने आने का इशारा किया और चिल्लाते हुए ही उत्तर दिया, "आ रहा हूँ !"

"कल मिलेंगे।" कहते हुए माधव उठ खड़ा हुआ और दौड़ते हुए अपनी बहन अनुराधा के पास चला आया।

"मैं कब से पुकार रही थी भईया ! आप यहां क्या कर रहे थे ?" अनुराधा ने पूछा।

"कुछ नहीं ! पर बात क्या है, तुम क्यों चली आई यहां पर इतनी धूप में ?" माधव ने पूछा।

"मां ने बुलाया था। शहर से मामू आए हैं और अब वह वापस भी जा रहे हैं। तुम्हारे ही बारे में मां से कुछ बातें कर रहे थे और तुम से मिलना चाहते हैं।" अनुराधा ने एक ही सांस में कह दिया।

"ठीक है। चलता हूँ, मवेशियों को भी मोड़ लेता हूँ।" कह कर माधव मवेशियों को घर की ओर मोड़ने लगा।

"वो लड़की कौन थी भैया ?" अनुराधा ने सहसा ही माधव से पूछ लिया।

"लड़की ! कौन लड़की ?" माधव ने अनजान बनते हुए कहा।

"वही, जिसके साथ तुम बातों में इतने व्यस्त थे कि मेरा कब से चिल्लाना भी तुम्हें नहीं सुनाई दे रहा था।"

"ओह, हाँ ! मुझे भी नहीं मालूम। ना जाने कहाँ से आई थी और मुझ से इधर उधर की बातें करने लगी थी।" माधव ने यूँ ही बात बनाते हुए कहा।

"इधर उधर की क्या बातें पूछ रही थी ?"

"ऐसे ही दरिया के बारे में पूछ रही थी।"

"दरिया के बारे में ! दरिया के बारे में क्या पूछ रही थी ?" अनुराधा ने मानों कुरेदते हुए पूछा।

"कि कितना गहरा है ?"

"क्यों उसने इस में डूबना है क्या ?"

इस पर माधव ने कुछ नही कहा और मवेशियों को भी वापस घर की ओर मोड़ लिया।

घर आकर भाई बहन ने मवेशियों को उनके स्थान पर बांध दिया और अपने मामा के पास आकर बैठ गए।

मामा को अपनी बहन से भी बहुत प्यार था और इसी से वह अपनी बहन के बच्चों से भी बहुत प्यार करते थे। इसका एक कारण तो यह भी था कि उसकी यह एक ही बहन थी और दूसरा उसकी स्वयं की कोई औलाद नहीं थी।

मामा का नाम केदारनाथ था और घर परिवार में सभी उसे केदार तथा केदार मामा कहकर ही बुलाते थे। केदार मामा की वेयरहाउस में होलसेल की बहुत बड़ी दूकान थी और उनका शहर के अतिरिक्त दूर दराज के इलाकों तक भी सप्लाई का बहुत काम था।

शहीदी चौक में उनका एक पुश्तैनी मकान था। जिसे बेच कर अब वह शहर के पॉश इलाके त्रिकुटा नगर में एक अच्छा सा मकान बनाना चाहते थे। लेकिन काम की अधिकता होने के कारण अवसर नहीं मिल पा रहा था।

वह अपनी बहन के परिवार की आर्थिक दशा के बारे में भी अच्छी तरह से जानते थे इस कारण वह उसकी सहायता करने के उद्देश्य से माधव को अपने साथ ही शहर ले जाना चाहते थे। इस बारे में जब उन्होंने अपनी बहन तथा बहनोई से बातचीत की वो भी इसके लिए सहर्ष ही तैयार हो गए। घर में मवेशियों की देखभाल का काम वो सब परिवार के सदस्य भी मिलकर कर सकते थे किन्तु माधव के हाथ सीधे हो जाएँ वह शहर जाकर कुछ कमाने लायक हो जाएं तो इससे बढ़ कर

और अच्छा क्या हो सकता था। इसके लिए जब परिवार के सदस्य सहर्ष ही तैयार हो गए तो मामा ने भी आज ही वापस जाने के बजाय दूसरे दिन शहर जाने का निश्चय कर लिया ताकि वो दूसरे दिन माधव को अपने साथ ही शहर लेकर जा सकें।

माधव भी खुश था कि शहर जाकर वह कमाने लगेगा और इससे परिवार की आर्थिक स्थिति भी ठीक हो जाएगी। इसके साथ ही उसे आद्रिका का ख्याल भी हो आया। किन्तु यह सोच कर कि जब वह शहर जाकर अच्छा कमाने लगेगा तो आद्रिका इससे प्रसन्न ही होगी। फिर आद्रिका से शादी कर वह उसे अपने साथ शहर ले जाएगा।

(3)

माधव को शहर आये हुए एक साल हो गया था। इस मध्य चाहते हुए भी वह किसी न किसी कारण से एक बार भी अपने घर नहीं जा सका था। मामा का बहुत बड़ा व्यापार था और उस पर माधव उनके लिए सबसे अधिक भरोसे का आदमी भी था। फिर मामा की जिम्मेदारियां भी बहुत थीं। इस कारण से भी मामा ने अपने काम का अधिकाँश भार उसके ही कन्धों पर डाल दिया था।

फिर जैसे जैसे ही वह मामा के व्यापार में उनका हाथ बंटाने में पारंगत होता चला गया, मामा के प्रति उसका सहयोग भी बढ़ने लगा। मामा उसे काम के सिलसिले में देहली तथा अन्य स्थानों पर भी भेजने लगे। देहली में ही एक व्यापारी मुकेश खन्ना भी था। जिसके साथ माधव के मामा का बहुत पुराना परिचय था बल्कि यूँ कहा जाए कि मुकेश खन्ना के साथ एक तरह के उसके पारिवारिक सम्बन्ध बन गए थे। एक दो बार उसके मामा जब देहली गए थे तो उसके घर पर ही ठहरे थे और एक दो बार ही मुकेश खन्ना भी जब जम्मू आये थे तो वो भी माधव के मामा के घर पर ही ठहरे थे। एक बार तो मुकेश खन्ना का परिवार जब जम्मू वैष्णो देवी दर्शन के लिए आया था तो वो सभी भी माधव के मामा के घर पर ही ठहरे थे। माधव के मामा की व्यापारिक आवश्यकताओं को वो ही पूरा किया करते थे। इसी प्रकार जब माधव देहली जाने लगा तो आवश्यकता होने पर वह भी उनके घर पर ही ठहरने लगा।

मुकेश खन्ना का राजीव चौक के इलाके में एक आलीशान बंगला था। बंगले में सुख सुविधा का सारा सामान था। गाड़ियां और

नौकर चाकर सभी थे। उनका व्यापार बहुत फैला हुआ था।

मुकेश खन्ना के एक बेटा और दो बेटियां थीं। बड़ी बेटी का नाम अंजना था। उसके पश्चात दूसरा बेटा था जिसका नाम संजय था तीसरी सबसे छोटी बेटी थी जिसका नाम शशीबाला था। अंजना और संजय की आयु में तीन वर्ष का अंतर था। संजय और शशीबाला की आयु में दो वर्ष का अंतर था। अंजना को सभी घर में प्यार से अंजू और संजय को संजू कहते थे। सबसे छोटी बेटी को प्यार से शिशु कहते थे।

बड़ी बेटी अंजना की शादी हो चुकी थी। उसका पति जालंधर में रहता था और एक बड़े शॉपिंग काम्प्लेक्स का मालिक था। अंजना अपने पति के साथ जालंधर में ही रहती थी।

संजय ने देहली यूनिवर्सिटी से ग्रेजुएशन करने के पश्चात आगे पढ़ने के स्थान पर अपने पिता के साथ व्यापार मिलकर अपने व्यापार को ही आगे बढ़ाने का निश्चय किया। वैसे तो देहली पूरे भारत का ही व्यापारिक केन्द्र है। किन्तु राजीव चौक भी देहली का एक व्यस्ततम इलाक़ा है और यहां पर भी व्यापार के फैलने फूलने के अच्छे अवसर हैं।

शशिबाला ने अभी-अभी मैट्रिक की परीक्षा पास कर कॉलेज में दाखिला लिया था और अब वह इंटरमीडिएट अच्छे अंकों में उत्तीर्ण कर लेने के पश्चात वह फैशन डिजाइनिंग में बैचलर डिग्री का कोर्स करना चाहती थी। इसके लिए ही उसने कॉलेज में मैथ्स, फिजिक्स और केमिस्ट्री जैसे विषयों का चयन भी किया था। पढ़ने में भी वह होशियार तो थी ही इस लिए उसके माता पिता ने भी उसे जैसा वह करना चाहती थी वैसा ही करने की अनुमति दे रखी थी। वैसे भी उसके माता पिता कुछ स्वतंत्र विचारों के थे, इसलिए उन्होंने कभी भी अपने बच्चों

के सोच विचार और उनके निर्णयों में अपना दखल देने की कोई कोशिश नहीं की। सभी हंसी खुशी अपना जीवन व्यतीत कर रहे थे।

माधव को जब भी कभी इनके घर में रुकना पड़ता तो उसे भी अच्छा ही लगता। उसे कभी भी परायेपन का अनुभव नहीं होता। संजय हालांकि उससे आयु में कुछ बड़ा था, फिर भी उसे माधव अच्छा लगता था और जब भी माधव उससे मिलता तो वह उसके साथ बहुत सी बातें किया करता था। एक प्रकार से वह माधव को अपना दोस्त ही समझने लगा था।

इसी प्रकार एक बार जब माधव देहली आया हुआ था तो समान की अनुपलब्धता तथा नया सामान आने के कारण मुकेश खन्ना ने ही माधव को एक दिन और रुक जाने के लिए कहा। माधव के पास रुक जाने के अलावा और कोई हल भी नहीं था। तब माधव जब ठहरने के लिए किसी होटल में जाने लगा तो खन्ना ने उसे डांट दिया, 'क्या हम लोग कोई अजनबी हैं। अब तुम होटल में जाकर ठहरोगे। तुम्हारे मामा को जब पता चलेगा तो वो मुझे क्या कहेंगे? समान उठाओ और घर चलो। कल जब सामान आ जाएगा तो उसे देखकर शाम को वापस चले जाना। मैं तुम्हारे मामा को बोल देता हूं।"

अब माधव से कुछ कहते नहीं बना। अत: उसे उनके बंगले पर ही जाकर रुकना पड़ा। बंगले में एक गेस्ट रूम भी था। यहां मुकेश खन्ना का कोई भी मेहमान होता तो उसे ठहराया जाता था। गेस्ट रूम भी बंगले का ही एक भाग था, लेकिन इसके उपरांत गेस्ट रूम मुख्य भवन से थोड़ा अलग ही था। इसी प्रकार माधव को भी जब भी उसे देहली में रुकना होता तो उसे भी उसी रूम में ठहराया जाता था। घर के नौकर उसे रोटी वगैरह तथा आवश्यक सामग्री पहुंचा दिया करते थे। वहां उसे किसी भी प्रकार की कोई कमी महसूस नहीं होती थी।

उस दिन भी ऐसा ही था। किन्तु दूसरे दिन जब वह रात को सोकर उठा और नहा धोकर कर नाश्ता करने के पश्चात बैठा था तो सहसा ही आशा के विपरीत संजय उसके कमरे में आ गया। हालांकि वह भी माधव का हम उम्र ही था और पहले भी कभी कभी समय होने पर माधव के पास गपशप करने के लिए आ जाता था, किन्तु इस बार इतनी सुबह उसका आना माधव को कुछ अप्रत्याशित सा ही लगा।

संजय आकर माधव के पास बैठ गया। थोड़ी देर की इधर उधर की गपशप करने के पश्चात उसने माधव से कहा, "माधो !"

संजय माधव को माधो ही कहा करता था।

"माधो ! आज हम घूमने के लिए पिकनिक पर जा रहे हैं। मुझे डैडी ने बताया कि आज शाम तक तुम देहली में ही हो और कल शाम को जा रहे हो तो हम ने सोचा की क्यों न तुम्हें भी अपने साथ ले चलें। वैसे भी शाम तक यूँ घर में बैठे बैठे तुम 'बोर' ही होंगे।" कह कर वह माधव की ओर देखने लगा।

माधो से एकाएक ही कुछ कहते नहीं बना। हालांकि वह उनके परिवार से भली भांति से परिचित था और घुला मिला भी था, किन्तु सहसा ही संजय से उसे इस प्रकार का प्रस्ताव उसके लिए अप्रत्याशित ही था।

उसे चुप देख कर संजय ने फिर कहा, "कोई अधिक दूर नहीं जाएंगे हम और शाम तक वापस आ ही जायेंगे, तब तक तुम्हारा सामान भी आ ही जाएगा। तब तुम अपना काम भी कर लेना।"

"अच्छा ! कौन कौन जा रहा है ?" सहसा ही माधव के मुंह से निकल गया।

मैं जा रहा हूँ। शिशु और उसकी सहेली राधिका जा रही है," क्षणभर रुक कर संजय ने फिर कहा, वो दोनों सहेलियां जा रही हैं, मेरे

साथ और कोई नहीं था गपशप करने के लिए तो मैंने सोचा क्यों न तुम्हें ही साथ ले लिया जाये।"

संजय की बात सुनकर माधव थोड़ा सा मुस्कुरा दिया। ना जाने क्यों !

वैसे भी उसे या तो शाम तक दुकान पर बैठे बैठे 'बोर' होना था या फिर घर में। उसने सोचा इनके साथ चलना ठीक रहेगा।

सहसा उसकी आँखों के सामने राधिका का मुस्कुराता हुआ चेहरा कौंध सा गया। राधिका, शशीबाला की सहेली था खन्ना साहब के घर आती जाती ही रहती थी और माधव भी इस परिवार के काफी समीप था इसी से उसका राधिका से भी परिचय हो गया था। वैसे भी राधिका अच्छे विचारों की ओर सुलझी हुई लड़की थी। जब भी उसकी माधव से आते जाते भेंट हो जाती थी तो मुस्कुरा कर माधव से मिल लिया करती थी और समयानुसार कुछ बातें भी कर लिया करती थी।

राधिका के पिता सेना से मेजर के पद से रिटायर हुए थे और मुकेश खन्ना के घर से लगभग दो किलोमीटर के फासले पर रहा करते थे। उनका एक बेटा था जो बैंकूवर, कनाडा में पढ़ाई करने के लिए गया हुआ था। उसका नाम रोहित था और वह राधिका से बड़ा था। पीछे से राधिका और उसकी मम्मी के साथ उनका तीन सदस्यों का परिवार ही यहां पर था।

हालांकि उन तीनों के लिए मेजर साहिब की पेंशन ही काफी थी, किन्तु मेजर साहब ने 'नोएडा' में इलेक्ट्रॉनिक सामान का एक शोरूम भी ले रखा था, वहाँ से भी उनको अच्छी आय हो जाती थी और इसके साथ ही वह व्यस्त भी रहते थे। हाँ ! इतवार को वो अपने शोरूम में छुट्टी कर लिया करते थे और सारा दिन या तो घर में टी.वी. समाचार पत्र या किसी दोस्त के साथ शतरंज की बिसात बिछा लिया करते थे।

मेजर साहब का राधिका और शशि बाला की आपसी दोस्ती के कारण मुकेश खन्ना के साथ पारिवारिक परिचय तो था, किन्तु उनकी आपस में भेंट बहुत कम ही होती थी। इसका कारण मुकेश खन्ना की उनके अपने व्यापार में अधिक व्यस्तता ही था।

माधव को अपने में ही खोये हुए देखकर संजय ने फिर से पूछा। "क्या बात है माधो ! किन विचारों में खो गये हो?"

"नहीं नहीं ! ऐसी कोई बात नहीं।"

"है चलने का मूड या नहीं। यहां पास में ही 'डियर पार्क झील' चलेंगे। यहां राजीव चौक से अफ्रीका एवेन्यू के रास्ते से लगभग १२ किलोमीटर की दूरी है। आधे घंटे में हमने पहुँच जाना है और फिर जब मन किया तो वापस आ जायेंगे।"

फिर एक क्षण रुककर उसने फिर कहा, "यदि मन नहीं है तो रहने दो। मैंने यूँ ही कह दिया। मैं अकेला था और शिशु के साथ उसकी सहेली थी। तुम यदि साथ होते तो मुझे भी कोई बातचीत करने के लिए मिल जाता।"

सहसा ही माधव को लगा जैसे उसके हाथ से कुछ अमूल्य खो जाएगा।

माधव ने फ़ौरन से गर्दन हिलात हुए मुस्कुरा कर हाँ कह दी, "जब संजय भैया कह रहे हैं तो जाना तो पडेगा ही।"

"ठीक है फिर ! शीघ्रता से तैयार हो जाओ। राधिका भी आने ही वाली

है। जैसे ही वह आती है, हम निकल पड़ेंगे।" संजय ने कहा और वापस चला गया।

(4)

उसे अपने पास आकर काम करते और रहते हुए लगभग एक वर्ष हो गया था। इस मध्य वह एक बार भी अपने घर नहीं जा सका था। अपने मामा के पास जम्मू आने के पश्चात आज वह पहली बार अपने घर गांव जा रहा था तो उसे एक वर्ष पूर्व का सब कुछ फिर से याद आने लगा था। उसे रह रह कर अपनी आद्रिका से हुई मुलाकातें याद आ रही थी। अपने माता पिता, भाई बहन एवं मित्रों सहित सब कुछ याद आने लगा था।

सोचते हुए उसके होठों पर एक स्निग्ध सी मुस्कान नृत्य करने लगती। दृश्यपटल पर मुस्कुराती हुई आद्रिका की छवि उभर आई और फिर वह उसी के विचारों में खो गया। उसे लग रहा था कि जैसे अब वह आद्रिका के बिना नहीं रह सकेगा। वह सोचने लगा कि जैसे ही उसकी आर्थिक स्थिति कुछ मजबूत होती है वह आद्रिका के परिवार वालों से बात कर उससे शादी कर लेगा और फिर वो दोनों साथ साथ रहते हुए अपनी प्यार भरी जिंदगी बसर करेंगे।

ऐसे ही अपने विचारों में खोया हुआ जैसे ही वह अपने घर पहुंचा तो द्वार पर ही उसकी छोटी बहन रत्नों ने उसका स्वागत किया और जोर जोर से चिल्लाने लगी, "मम्मी ! भैया आ गए।"

रत्नो की आवाज़ सुनकर उसकी मां भी बाहर आ गईं। रत्नो तो दौड़ती हुई माधव के साथ आकर लिपट ही गई। माधव ने भी आगे बढ़ कर रत्नो को अपनी बाहों में उठा लिया और उसे उठाये उठाये ही झुक कर अपनी मां के पांव को हाथ लगाया।

"मां ! बापू कहाँ हैं ?" माधव ने पूछा।

"तुम्हारे बापू नीचे बाज़ार तक गए हैं। शाम तक वापस आ जाएंगे।"

"अनुराधा भी कहीं दिखाई नहीं दे रही ?" माधव ने अनुराधा को कहीं पास न देखकर पूछा।

"अनुराधा मवेशियों को लेकर चराने गई है बेटा ! अब तुम्हारे जाने केपश्चात वह भी उन्हें चरा कर लाती है।"

माधव ने रत्नों को बाहों से नीचे उतारा और आँगन में बिछे हुए 'बेड' पर बैठ गया।

इतनी देर में उसकी मां उसके लिए पानी का गिलास ले आई, "अब तुम्हारे बापू सोच रहे हैं कि मवेशियों को बेच ही दें और यहां पास ही कोई छोटी से दुकान ही खोल लें। वैसे भी अब इनकी इतनी परवरिश नहीं हो पाती। फिर अनुराधा के लिए भी तो यह सब कर पाना कठिन ही है और फिर अच्छा भी नहीं लगता। कल ब्याह होने के पश्चात किसी के घर जाएगी तो वहां भी तो काम ही करना है। सोचती हूँ जितनी देर अपने घर में है यहां तो कुछ आराम से रह ले।"

"आप ठीक कह रही है मां ! अब मैं भी थोड़ा बहुत कमाने ही लगा हूँ। कुछ दिनों में हमारे भी घर के हालात ठीक हो जाएंगे।" माधव ने भी एक प्रकार से अपनी मां की हाँ में हाँ मिलाते हुए कहा।

"अच्छा मां ! अब मैं अनुराधा के पास जाता हूँ और उसे घर पर भेजता हूँ। वह भी थक गई होगी।" कह कर माधव अनुराधा के पास जाने के लिए उठ खड़ा हुआ।

"तुम कहाँ जाते हो अब। अभी तो इतनी दूर से आये हो। थोड़ा आराम कर लो। वह भी आ जायेगी।" माधव की मां ने कहा।

लेकिन तब तक माधव द्वार के बाहर भी जा चुका था, "कोई बात

नहीं मां! हम दोनों शीघ्र ही आ जाएंगे।" कहते हुए माधव मुस्कुराता हुआ अपने जाने पहचाने रास्ते पर दरिया की ओरपश्चात गया।

जाने पहचाने रास्तों की सुगंध ही अलग होती है और उन पर चलने के लुत्फ का क्या कहना।

माधव गुनगुनाता हुआ अपने जाने पहचाने रास्तों पर बढ़ा चला जा रहा था। थोड़ी ही देर में वह दरिया के किनार पहुंच गया। सामने ही वो आम का पेड़ अब भी वैसा का वैसा ही था। वैसे भी एक वर्ष में बदलता भी कितना ही है !

अनुराधा उसी आम के वृक्ष के नीचे ही बैठी हुई थी। उसकी पीठ माधव की ओर ही थी और वह दरिया की लहरों को निहार रही थी। सहसा ही माधव ने उसके पास पहुँच कर उसे चौंका दिया। वह हर्ष विभोर होकर चिल्ला ही पड़ी ओर भैया से लिपट गई।

"तुम कब आए भैया !" अनुराधा ने उलाहना भरे स्वर में कहा।

"बस अभी अभी ही आ रहा हूँ और आते ही सबसे पहले तुम्हें मिलने चला आया।" माधव ने मुस्कुराते हुए कहा।

"कोई आने की सूचना तक भी नहीं दी !" अनुराधा ने फिर शिकायत पूर्वक ही कहा।

"कैसे सूचना देता। अचानक से ही तो प्रोग्राम बन गया। उस पर यहां कोई मोबाइल वगैरह का नेटवर्क भी तो नहीं है जो तुम्हें आने से पूर्व ही बता देता।" माधव ने अपनी सफाई देते हुए कहा।

"जैसे ही यहां पर मोबाइल का नेटवर्क आएगा ना भैया तो सब से पहले मुझे एक मोबाइल ले देना। फिर मैं तुम से बहुत सी बातें किया करूंगी।"

"पक्का ! वादा रहा ! जैसे ही यहां गांव में मोबाइल का नेटवर्क

आएगा तो सबसे पहले मोबाइल मेरी बहन के पास होगा।" माधव ने मुस्कुरा आकर अनुराधा के सर पर हाथ रखते हुए कहा।

भैया ! तुम इधर क्यों आ गए ? घर में बैठना था। इतनी दूर से आए थे और फिर नीचे रोड से यहां तक पैदल चल कर भी आए। क्या आपको थकान नहीं हुई?"

"मैं तो पगली तुमसे, अपनी बहन से मिलने चला आया। इसमें भला थकान कैसी? अपनी प्यारी बहन से मिलने आने में थकान कैसी?"

"भैया, एक बात कहूं?"

"कहो।"

"यहां उससे मिलने तो नहीं आए न।"

"किससे?" माधव ने आश्चर्य से पूछा।

"वही, आपकी पुरानी सहेली! उससे ही मिलने आए हैं न मेरा बहाना कर के?"

"क्या कह रही हो। कौन सी मेरी पुरानी सहेली? दिमाग तो ठीक है ना तुम्हारा?"

"मेरा दिमाग पूरी तरह से ठीक है"क्षणभर रुक कर फिर अनुराधा ने कहा, 'वही, जिसके साथ आप मामू के साथ जाने से पहले मुझे एक साथ मिले थे।"

अब माधव ने कुछ नहीं कहा।

"वह आपके जाने केपश्चात कई बार मुझ से मिली थी।"

माधव फिर चुप रहा। उसे चुप देखकर अनुराधा ने कहा, "है वो बहुत ही सुंदर और प्यारी भी। मुझे तो बहुत अच्छी लगी वह।"

माधव को लग रहा था कि जैसे अनुराधा उसे जानबूझ कर छेड़ रही थी। फिर भी उसे अनुराधा की बातें बहुत अच्छी लग रही थी और

उसका मन कर रहा था कि वह उसके संबंध में और भी बातें करें।

पर इसकेपश्चात जब अनुराधा ने कुछ देर ओर कोई बात नहीं की तो माधव से रहा नहीं गया। उसने ही पूछ लिया, "क्यों कुछ कह रही थी वह ?

"हूँ, नहीं ! कहा तो कुछ नहीं, बस पूछ रही थी।"

"क्या पूछ रही थी ?"

"यही कि तुम कहां पर हो और कब आओगे ?"

"तुमने क्या कहा ?"

"मैंने क्या कहना था, जो सच था कह दिया।"

"फिर भी क्या कहा ?"

"मैंने बता दिया कि तुम अपने मामू के पास हो और वहां उनके साथ रह कर काम कर रहे हो।"

"फिर उसने क्या कहा?"

माधव के उतावलेपन पर अनुराधा इस बार मुस्कुरा दी, "क्या बात है भैया ! तुम इतनी दिलचस्पी के साथ क्यों पूछ रहे हो। मैंने जो मन में आया कह दिया।" अनुराधा ने भी मानो उसे छेड़ते हुए कहा।

"नहीं ! ऐसी तो कोई बात नहीं। यूँ ही पूछ लिया। तुमने ही तो बात छेड़ी थी।" माधव कुछ झेंप सा गया।

"मैंने उससे कहा. यह तो नहीं मालूम कि तुम कब आओगे लेकिन यह कहा कि तुम उनके पास रह कर उनके व्यापार के काम में हाथ बंटा रहे हो और जैसे ही अवसर मिला शीघ्र ही आओगे।"

इस बार माधव चुप रहा। इस चुप्पी को अनुराधा ने ही तोड़ा, 'वैसे भैया वह बार बार तुम्हारे लिए क्यों पूछ रही थी ? कहीं उसे तुम से प्यार तो नहीं हो गया है" एक क्षण चुप रह कर फिर कहा. "और तुम्हें उससे ?"

"धत !" कहते हुए माधव ने अनुराधा की पीठ पर हलके से एक धौल सी जमा दी।

"आह !" कहते हुए अनुराधा मवेशियों की ओर भाग गई, "घर चलते हैं भैया !" कहते हुए मवेशियों को हांकने लगी और उसका साथ माधव भी देने लगा।

इसकेपश्चात वो दोनों मवेशियों को 'हाँक' कर घर ले आये और उन दोनों में इस विषय पर कोई बात नहीं हुई।

लेकिन माधव चाहता था की अनुराधा कुछ और भी उसे आद्रिका के विषय में बताती। एक सप्ताह के लिए ही तो वह घर आया था और इस दौरान वह अधिक से अधिक उसकी यादों को अपने में समेट लेना चाहता था।

दूसरे दिन जब अनुराधा मवेशियों को चराने के लिए खोलने लगी तो माधव स्वयं ही आगे बढ़ कर उन्हें खोलने लगा, "आज तुम्हें जाने की ज़रूरत नहीं है। आज मैं इन्हें चरा लाऊंगा। आज तुम घर पर ही आराम करो।"

"नहीं भैया ! तुम कुछ दिन के लिए ही तो घर आये हो। आप आराम करो। मम्मी तथा रत्नो के साथ बातें करो। मैं ही इन्हें ले जाती हूँ। पहले भी तो ले ही जाती थी।" अनुराधा सब कुछ समझ रही थी और वह भी जान बूझ कर उसे छेड़ रही थी।

"जब तक घर पर हूँ. तब तक तो तुम्हें नहीं जाने दूंगा। जब चला जाऊंगा तब चरा लाना तुम।"

इस बार अनुराधा ने कुछ नहीं कहा और हौले से मुस्कुरा दी और चुपचाप माधव को मवेशियों को ले जाए हुए देखती रही।

(5)

आज माधव को आये हुए चार दिन हो गए थे लेकिन उसकी अपनी आद्रिका के साथ मुलाक़ात नहीं हो पाई थी। वह उसका घर भी नहीं जानता था। उसका मोहल्ला कुछ दूर था और उस तरफ उसका जाना कभी हुआ ही नहीं था। बस ! आद्रिका ने इशारे से बताया था कि उसका घर उस तरफ गांव में है।

इन चार दिनों में वह दो बार उस मोहल्ले की ओर हो भी आया था, लेकिन उसे अपनी आद्रिका के दर्शन नहीं हुए थे। अब वह किसी से पूछता भी तो क्या पूछता। अधिक परिचय भी नहीं मोहल्ले में। ऐसे में बार बार वहाँ जाना भी ठीक नहीं लगता था। वह कुछ मायूस सा होकर रह गया था। शायद उसकी अपनी आद्रिका से भेंट नहीं हो पाएगी। तीन दिन के पश्चात तो उसे वापस भी चले जाना है। वह सोचने लगा. 'अब क्या किया जाए ! मैं अगले सप्ताह भी नहीं जाऊंगा। कह दूंगा अपने मामू से कि बीमार हो गया था।' सोचते हुए उसके होठों पर क्षणिक सी मुस्कान मचल गई।

इसी प्रकार पांच दिन व्यतीत हो गए। माधव की उसकी आद्रिका से भेंट नहीं हो सकी।

दो दिन रह गए थे माधव को जाने में, किन्तु माधव ने सोच लिया था कि वह कुछ दिन और रुक जाएगा लेकिन अपनी आद्रिका से मिले बगैर नहीं जाएगा। फिर जाने कब उसे आने का अवसर मिले और कब वह उस से मिल पाए।

अभी वह यह सब सोच ही रहा था कि सहसा ही उसे आद्रिका आती हुई दिखाई दी। उस पर दृष्ट पड़ते ही माधव के चेहर पर स्निग्ध

सी मुस्कान खिल गई। वह ना जाने किस वशीभूत उठ कर गया। मानो आद्रिका के ही स्वागत के लिए उठ खड़ा हुआ था। उसके चहरे पर की खिली हुई आभा अतुल्य थी। जिसका संसार में कोई भी मोल नहीं हो सकता था।

उसी प्रकार की कोमल और हृदय की सुंदरता से ओतप्रोत आभा आद्रिका के चेहरे पर भी थी।

ऐसा लग रहा था कि जैसे दोनों ही दौड़ते हुए एक दूसरे की तरफ आएंगे और एक दूसरे के साथ लिपट जाएंगे।

लेकिन इस सब के उपरांत भी दोनों ने ही अपने आप को संयत रखा। आद्रिका माधव के पास आकर खडी हो गई, "कहाँ चले गए थे तुम? इतने दिनों के पश्चात आये हो?"आद्रिका ने अपनी भावनाओं पर नियंत्रण रखते हुए उसे शिकायत पूर्ण लहज़े में कहा।

"मैं अपने मामू के पास चला गया था काम करने के लिए। अब यूँ ही घर में बैठे बैठे तो काम चल नहीं सकता न। ज़िंदगी में कुछ न कुछ तो करना ही पड़ता है।" माधव ने मानो अपनी सफाई देते हुए कहा।

"लेकिन जाने से पहले मुझे भी तो बता सकते थे।"

"कुछ ऐसे हालत बन गए थे कि मैं चाहते हुए भी तुम्हें बता नहीं सका।"

"यह तो कोई बात नहीं हुई।"

"मेरी बहन अनुराधा बता रही थी कि वह तुम से मिली थी और उसने तुम्हें सब कुछ बता दिया था।"

"हाँ ! उसने सब कुछ बता दिया था। लेकिन क्या तुम्हारा फ़र्ज़ नहीं था की मुझे बता कर ही जाते।"

"तुम बिलकुल ठीक कह रही हो, लेकिन मैं चाहते हुए भी तुम्हें नहीं बता सका।"

"तुम्हें मालूम है कि तुम्हारे पीछे से मैंने यह दिन और रातें कैसे निकालीं।"

"मुझे मालूम है, लेकिन मेरी भी मजबूरी थी।"

"मैं तो सोच रही थी कि अब मैं भी कभी तुम से नहीं मिलूंगी। लेकिन मैं भी क्या करती। मेरा दिल ही नहीं मान रहा था।"

"तभी इतने दिनों केपश्चात आ रही हो। मालुम है कि मुझे कितने दिन हो गए घर आये हुए और प्रतिदिन ही मैं सुबह मवेशियों के साथ यहां आकर बैठ जाता तुम्हारा इंतज़ार करता रहता था। लेकिन तुम इतने दिनों से क्यों नहीं इस तरफ आईं?"

"तुम्हें क्या मालुम कि मैं कितनी बीमार हो गयी थी। आज थोड़ा सा समय मिला तो मुझे लगने लगा कि जैसे कोई मुझे बुला रहा है और मैं चली आई।"

"हाँ ! मेरे ही दिल की तो आवाज़ थी जिसने तुम्हें यहाँ आने के लिए मजबूर कर दिया।" इस बार माधव ने कुछ मुस्कुराते हुए कहा।

"अच्छा ! अब यह बताओ कि अब तुम्हारी सेहत कैसी है ?"

"अब ठीक हूँ, तभी तो आ पाई हूँ।"

"भगवान करे तुम्हें मेरी उम्र भी लग जाए।"

माधव के इतना कहते ही आद्रिका ने अपने हाथ की उँगलियों को उसके होठों पर रख दिया।

"तुम्हारे बिना मैं जी कर करूंगी भी क्या ?" कहते कहते आद्रिका भावुक हो गई।

माधव ने भी भावुक होकर उसका हाथ अपने हाथों में ले लिया

और उसे खींच कर अपने सीने से लगा लिया,"मैं तुम्हें कभी भी नहीं छोड़ूंगा।"

दोनों ही बहुत भावुक हो गए थे। तभी आद्रिका ने अपने आप को माधव की बाहों से से आज़ाद करे हुए कहा, "जानत हो एक दिन क्या हुआ?"

"क्या हुआ ?"

"तुम्हें मालुम है कि जब भी कभी हमारे गांव की किसी लड़की की शादी दरिया के उस पार गांव में होती है तो तब इस दरिया पर से किश्तियों में बारात आती है और वह लड़की को ब्याह कर ले जाते हैं या लड़का इस तरफ से उस तरफ जा कर वहाँ की लड़की ब्याह कर इस गांव में ले आता है।"

"हाँ ! वो तो मालूम है। लेकिन यह सब तुम मुझे क्यों बता रही हो ?"

"पिछले माह की बात है हमारे गांव की एक लड़की की शादी उस पार गांव के एक लड़के के साथ हो गई। बारात आई हुई थी।"

"इसमें नई बात क्या है ? ऐसा तो होता ही है ?"

"हाँ ! ऐसा तो होता ही है। लेकिन मुझे लग रहा था कि शायद ऐसा ही मेरे साथ भी होगा। गांव पार से कोई आएगा और मुझे ब्याह ले जाएगा।"

"ऐसा क्यों सोच रही थी तुम ?"

"इसलिए कि तुम मुझे बिना बताये ही शहर चले गए थे और मुझे कुछ मालूम भी नहीं था कि तुम्हारे मन में क्या है और अब तुम कब आओगे ?"

"ऐसा भूल कर भी मत सोचना। अगर ज़िंदगी में कभी ऐसा दिन आ भी गया तो वो मेरी ज़िंदगी का आखिरी दिन होगा।"

माधव कहते ही एक बार फिर से आद्रिका ने अपनी हथेली को उसके होंठों पर रख दिया और स्वयं ही उसके सीने से लग गई, "मैं भी ज़िंदा कहाँ रह पाउंगी।"

"घबराओ नहीं ! मेरी आद्रिका !"माधव जब भी उससे मिलता तो वह उसे आद्रिका ही कहता था। शीघ्र ही मैं शहर से फिर आऊंगा और अपने पिता से कह कर तुम्हारे पिता से मांग लूंगा। बस ! फिर हम सदा सदा के लिए एक हो जाएंगे और मैं तुम्हें अपने साथ शहर ले जाऊंगा।" माधव ने मुस्कुराते हुए उसे अपने से अलग किया और हौले से उसके गालों पर अपना चुम्बन जड़ दिया।

(6)

माधव गांव का रहने वाला था और वो भी पहाड़ी गांव का। गांव के लोग तो वैसे ही सीधे साधे और निष्कपट होते हैं, उस पर उनका सादगीपूर्ण व्यवहार उन्हें और भी आकर्षक बना देता है। ऐसा ही कुछ माधव के साथ भी था। उसका मधुर व्यवहार भी सहज ही किसी को भी प्रभावित कर सकता था।

राधिका को माधव बहुत अच्छा लगता था। माधव सुंदर तथा आकर्षक तो था ही, उसका मृदु व्यवहार उसे ओर भी सुंदर व आकर्षक बनाता था। शायद यही कारण था कि वह उससे कुछ अधिक ही प्रभावित हो गई थी और इसी आकर्षण के वशीभूत होकर ही वह बार बार उससे मिलना चाहती थी। उसका सामीप्य चाहती थी और उससे बातें करना चाहती थी।

जिस दिन पहली बार राधिका माधव से मिली थी उस दिन से ही वह एक प्रकार से उसके आकर्षण में बंध सी गई थी।

जब भी कभी राधिका के विचारों में माधव उभर कर आता तो तो पल भर के लिए उसके मनोमस्तिष्क में यह भी विचार आता कि कहीं उसे माधव से प्यार तो नहीं होने लगा है। किन्तु अगले ही पल वह अपने इस विचार को झटक देती।

माधव से उसे कैसे प्यार हो सकता है। कहाँ माधव और कहाँ वह। माधव और उसके स्टेट्स में ही पृथ्वी और आकाश का अंतर है। माधव एक ग्रामीण पहाड़ों में में रहने वाला और वह स्वयं देहली जैसे बड़े शहर में रहने वाली 'हाई-फाई' सोसाइटी की लड़की। कहाँ उसका ग्रामीण परिवेश और स्वयं उसके पिता रिटायर्ड मेजर इतने बड़े शोरूम

के मालिक। नहीं, नहीं अब उसे माधव के विषय में सोचना भी नहीं है। सोचते हुए राधिका दूसरी ओर अपना ध्यान लगाने का प्रयास करने लगती। पर दिल का क्या ! दिल तो आखिर दिल ही है। जिस ओर उसे जाने के लिए मना करो उसी ओर जाने की जिद करने लगता है।

ऐसे ही कुछ विचार कभी कभी माधव के मन में भी आने लगते। किन्तु वह अपने आपको समझा लेता। राधिका सुंदर है। बहुत अच्छी है। उसका मान करती है। अच्छा व्यवहार करती है। शायद यह सब इस कारण से भी करती है कि वह खन्ना परिवार का परिचित है। उनके पारिवारिक सदस्य जैसा है और सब से बड़ी बात यह कि वह उसकी सहेली शशीबाला के भाई का मित्र है बल्कि उन दोनों के भाई जैसा है।

उस दिन जब संजय, माधव को 'डियर पार्क झील' पिकनिक के लिए चलने के लिए कहने के लिये आया तो माधव के 'हाँ' कहने का एक कारण शायद पिकनिक में राधिका सम्मिलित होना भी था।

मनुष्य के जीवन में कुछ ऐसी सच्चाइयों भी होती हैं कि जिन्हें लाख चाह कर भी झुठलाया नहीं जा सकता। माधव चाहे लाख इस बात को झुठलाने का प्रयास करता कि वह अपनी आद्रिका से ही प्यार करता है और उसके साथ ही ब्याह करके अपना घर बसाने का का स्वप्न देखता है, किन्तु इस बात से भी तो इंकार नहीं किया जा सकता था कि राधिका के प्रति भी तो उसका आकर्षण था। वह भी बार बार उससे मिलना चाहता था। उससे बात करना चाहता था। फिर इसमें कोई आश्चर्य भी तो नहीं था। यह सब स्वाभाविक भी था। यह इस आयु का प्रभाव था।

वैसे तो राजीव चौक से 'अफ्रीका एवेन्यू' के रास्ते 'डियर पार्क झील' बहुत अधिक नहीं था, किन्तु मार्ग में एक दो स्थान पर रुक कर पिकनिक के लिए कुछ सामान लेने के कारण और एक रेस्टोरेंट में

चाय पीने के लिए रुक जाने के कारण उन्हें अपने गंतव्य पर पहुँचने में कुछ अधिक ही समय लग गया।

मार्ग में राधिका और माधव के बीच भी एकाध बात हुई। राधिका ने ही माधव से पूछ लिया, "कैसे हो माधव ?"

"ठीक हूँ। आप कैसी हैं ?"

"मैं भी ठीक हूँ। इस बार बहुत दिनों केपश्चात देहली आना हुआ। तुम्हारे घर में तो सब परिवार ठीक हैं ना ?" राधिका ने फिर पूछा।

"घर में सब ठीक हैं।"

"फिर इस बार इतने दिनों के पश्चात कैसे आना हुआ ?" सहसा ही राधिका के मुंह से निकल गया और फिर स्वयं ही उसे अपने कहे पर आश्चर्य भी हुआ। भला यह क्या पूछ रही है वह ! आखिर उसका माधव से सम्बन्ध ही क्या है। इतना ही न कि वह उसकी सहेली के परिवार से परिचित है। वह स्वयं ही झेंप सी गई।

"नहीं ऐसी तो कोई बात नहीं। तभी आना हो पाता है जब कुछ अतिरिक्त सामान की आवश्यकता होती है।"

माधव भी चाहता था कि राधिका उससे बातें करती रहे, किन्तु कह नहीं सकता था। चाहे कुछ भी हो उसकी भी तो एक सीमा थी। उसे उसके भीतर ही रहना था। आखिर थी तो वह शिशु दीदी की सहेली ही ना। यदि वह किसी बात का बुरा मना कर शिशु दीदी से या संजय भैया से कह दे तो उसकी क्या स्थिति हो जाएगी। इस कारण से वह अपने मन की बहुत सी भावनाओं को प्रकट होने से बचा लेता।

इसके पश्चात राधिका शिशु बाला के साथ बातें करने में व्यस्त हो गई और माधव और संजय आपस में बातें करने लगे।

संजय ड्राइव कर रहा था। सहसा ही संजय ने माधव से पूछ लिया, माधो ! तुम्हें गाड़ी चलाना आता है ?"

"मामू के साथ रहते हुए अधिक समय नहीं मिल पाता, फिर भी मामू के मुनीम हैं एक, उनसे थोड़ी बहुत सीखी थी। चला तो लेता हूँ लेकिन अभी लाइसेंस नहीं बनवाया है।"

"आज के समय में गाड़ी चलाना तो आना ही चाहिए। कभी भी किसी को भी गाड़ी ड्राइव करने की आवश्यकता पड़ सकती है।"

"वैसे टू-व्हीलर चला लेता हूँ। जम्मू में जब भी कभी कहीं आने जाने की आवश्यकता होती है तो मैं टू-व्हीलर ही लेकर जाता हूँ। इसका लाइसेंस भी है मेरे पास। कभी कभी टैक्सी कर लेता हूँ।"

"अब फोर व्हीलर का भी लाइसेंस बनवा ही लेना। वैसे देहली में तो गाड़ी चलाना बहुत ही मुश्किल है। बहुत ही भीड़ है यहां पर।"

"हाँ भैया ! मैं भी सोच रहा था। इस बार जब भी अवसर मिला तो मैं अपने टू-व्हीलर के लाइसेंस को फोर-व्हीलर में करवा लूंगा। वैसे भी कभी कभी इसकी भी आवश्यकता हो ही जाती है।"

अगली बार जब माधव देहली आओगे न तो अपने मामू से कुछ दिन की छुट्टी लेकर ही आना। तब तुम ही कार चलाओगे और हम तुम्हारे साथ कहीं और घूमने चलेंगे।"

राधिका ने कहा तो शशीबाला और संजय भी मुस्कुरा दिए। माधव के भी होठों पर स्वत: ही मुस्कुराहट फैल गई।

इतनी देर में वो डियर पार्क झील तक पहुँच गए। संजय अपनी गाड़ी को पार्किंग की ओर ले गया। वहाँ गाड़ी खडी करने के पश्चात उन्होंने अपने साथ लाया हुआ आवश्यक सामान लिया और पार्क की ओर चल पड़े।

यहां 'डियर पार्क झील' जाने के लिए आपको कोई टिकट खरीदने की आवश्यकता नहीं है। यह एक सुंदर और हरा-भरा पार्क है जो भीड़-भाड़ वाले हौज़ खास क्षेत्र के केंद्र में स्थित है। यहां पर पिकनिक

मनाने के लिए कई अच्छे स्थान हैं और आप यहां पर शांत और हरियाली से भरपूर वातावरण का आनंद ले सकते हैं। यह पार्क शहर के प्रदूषण और धूल से भरे वातावरण से दूर पिकनिक मनाने के लिए एक अच्छा स्थान है। इसे 'देहली के फेफड़े' के रूप में भी जाना जाता है। हालांकि यहां पर बैठने के स्थान की कमी नहीं है, फिर भी अपनी इच्छा अनुसार स्थान की तलाश तो हर किसी को होती ही है। इसलिए वो सभी सीधे भीतर जाकर अपने बैठने के लिए उचित स्थान को ढूंढने लगे।

थोड़ी ही देर में उन्होंने अपने बैठने के लिए एक अच्छा सा स्थान ढूंढ लिया और वहाँ पर साथ में लाई हुई 'कारपेट' बिछा कर बैठ गए।

"अभी कहीं पर बैठने से पहले थोड़ा घूम फिर लेते हैं, 'एन्जॉय' करते हैं। उसकेपश्चात कहीं पर अच्छा सा स्थान देख कर बैठ जाएंगे।" शशी बाला का प्रस्ताव था, जिसे सभी ने मान लिया।

यहां पर हिरण पार्क, बत्तख पार्क, खरगोश के खेत, मोर और बंदर देखे जा सकते हैं। यहाँ पर एक कला बाजार, फव्वारा और झील भी है। कुछ मनमोहक दृश्यों वाला एक खूबसूरत पार्क है, जो किसी का भी मन हर लेता है। विशेष कर शाम सूर्यास्त के समय लोमड़ी और चमगादड़ों को पेड़ों पर सोते हुए देखना भी एक अलग ही अनुभव हो सकता है।

सभी साथ साथ घूम रहे थे। वैसे भी आज छुट्टी वाला दिन ना होने के कारण पार्क में कोई अधिक भीड़ नहीं थी।

तब सभी साथ साथ ही घूमने लगे। चलते चलते संजय थोड़ा आगे निकल गया और माधव पीछे रह गया। शशी बाला और उसके साथ ही थीं।

"माधव ! क्या तुम्हारे जम्मू में कोई ऐसा पार्क है ?" सहसा ही राधिका ने पूछ लिया।

"हाँ ! हमारे जम्मू कश्मीर में एक नहीं कई भ्रमण के लायक स्थान हैं। कश्मीर को धरती का स्वर्ग कहा जाता है तो जम्मू को मंदिरों का शहर भी कहा जाता है।" माधव ने भी तुरंत ही उत्तर दिया।

"अच्छा !" राधिका ने कहा, "तब तो आपके जम्मू कश्मीर का भी भ्रमण करना ही पड़ेगा।"

"वैसे जम्मू कश्मीर में अनेक स्थल है, जिनमें प्राकृतिक सौंदर्य कूट कूट कर भरा हुआ है। ऐसा कुछ देहली में तो ढूंढने से भी नहीं मिलने वाला। कुछ होगा भी तो आर्टिफिशियल मिलेगा।" कुछ क्षण रुक कर माधव ने फिर से कहा।

'अब तो भैया हमारा भी मन जम्मू कश्मीर घूमने का करने लगा है। अब तो जम्मू आना ही पड़ेगा।" शशीबाला ने कहा।

'अवश्य आएं। वैसे कश्मीर तो मैं भी नहीं गया हूं, लेकिन उसके प्राकृतिक सौंदर्य के बारे में बहुत सुना है। हां ! आप आएंगी तो आपको जम्मू के सभी मन्दिर अवश्य ही दिखाएंगे। वहां के विश्व विख्यात माता वैष्णो देवी के भवन भी ले चलेंगे। वहाँ आप माता वैष्णो देवी जी के दर्शन कर लेना, यहां दुनिया भर से लोग आते हैं दर्शनों के लिए।"

"कई साल पहले मैं एक बार गया था माता वैष्णो देवी करने। बहुत अच्छा लगा था तब। अब मैं भी फिर एक बार जाऊंगा।" तभी संजय ने भी उनकी बातों में उनकी बातों में सम्मिलित होते हुए कहा।

"माधव ! हमें अपने घर भी ले चलोगे न, जब हम जम्मू आएंगे ? हम आपका गांव भी घूम फिर कर देखना चाहते हैं।" तभी सहसा ही राधिका ने पूछ लिया।

"हाँ हाँ, क्यों नहीं !"माधव ने कहा, "आप एक बार जम्मू आओ तो सही। आपको अपने गांव की सैर भी कराएंगे।

"लेकिन दिल्ली जैसे शहर में रहने वालों को हमारा गांव कहाँ पसंद आएगा।

"नहीं ! ऐसी बात नहीं है। मुझे गांव की सीधी सादी लाइफ बहुत पसंद है। स्वच्छ वातावरण और सादा रहन सहन और साफ दिल लोग। ना कोई राग न द्वेष।"

"किताबें अधिक पढ़ती हो ना तुम, यह शायद उसी का प्रभाव है। काल्पनिक दुनिया और प्रैक्टिकल लाइफ में बहुत अंतर होता है।" तभी शशीबाला बीच में बोल पड़ी।

"नहीं ऐसा कुछ भी नहीं है। मुझे बचपन से ही इस तरह का जीवन पसंद है।"

तभी चलते चलते सहसा ही राधिका का पांव फिसल गया और वह पानी में गिरने ही लगी थी कि माधव ने आगे बढ़ कर उसे संभाल लिया।

"अरे ! संभल के राधिका। इनके गांवपश्चात में घूम लेंगे। पहले यहां तो संभल कर चलो।" शशि बाला ने भी उसे थामने का प्रयास किया, किन्तु माधव ने इससे पहले ही उसे थाम लिया।

"माधव भैया न होते तो तुम गिर ही गई होती।" शशीबाला ने मुस्कुराते हुए कहा।

"थैंक्स !" राधिका ने कहा। ना जाने क्यों, शशि बाला का इस प्रकार बात करना राधिका को कुछ अच्छा नहीं लगा। वह खामोश हो गई।

"चलो भाई, बहुत घूम लिया। अब चल कर बैठते हैं।" संजय ने कहा।

शशीबाला का मन अभी और घूमने का था, "आप चलो भैया ! मैं और राधिका अभी थोड़ा आगे तक जाएंगे, वो सामने, जहां हिरन घूम रहे हैं। उसकेपश्चात वापस चले आएंगे।"

"लेकिन ज़रा जल्दी आ जाना। बहुत देर हो जाएगी। माधव को भी अभी बहुत काम है।" संजय ने वापस घूमते हुए कहा।

शशि बाला और राधिका आगे बढ़ गईं। शशिबाला ने स्वीकृति में सर हिलाया और दोनों सहेलिया आएगी बढ़ गईं।

संजय और माधव वापस आकर उसी स्थान पर बैठ गए, यहां पहले बैठने लगे थे। संजय ने म्यूजिक सिस्टम सेट किया और इंग्लिश गाने सुनने लगा। माधव भी उसके साथ ही बैठ गया।

"तुम्हें यह गाने पसंद नहीं ?" माधव की अरुचि को भांपते हुए संजय ने पूछा।

"अच्छे हैं ! लेकिन मुझे पुराने फिल्मी गाने ही ज्यादा पसंद हैं।"

"हाँ ! उनमें मेलोडी होती है और इंग्लिश सांग्स में आनंद !"संजय ने इंग्लिश गाने की धुन में अपनी गर्दन हिलाते और चुटकी भरते हुए कहा।

प्रतिउत्तर में माधव ने कुछ नहीं कहा, बस मुस्कुरा कर ही रह गया।

इतनी देर में शशीबाला और राधिका भी वापस आ गईं।

"अरे भाई ! कुछ खाना पीना भी है या नहीं, या फिर यह गाने ही सुनते रहना है। संजू भैया को तो बस इंग्लिश सांग्स ही चाहिए। इंग्लिश सांग्स और भैया।"

संजय ने कुछ नहीं कहा और पूर्ववत गाने की लय पर झूमता रहा।

अब शशिबाला ने भी कुछ नहीं कहा। दोनों सहेलियां साथ साथ बैठ गईं और शशीबाला टिफ़िन बॉक्स और चाय वगैरह की थर्मस खोलने लगी।

टिफिन बॉक्स से खाना निकाल कर शशि बाला ने सब को परोस दिया तो इस मध्य राधिका ने चाय भी साथ लाये हुए डिस्पोजल कपों में डाल दी। अब तक राधिका सामान्य हो गयी थी।

इसी प्रकार समय कब व्यतीत हो गया, कुछ पता ही नहीं चला।

शाम होने लगी थी। उन्होंने अपना सामान समेटना आरम्भ कर दिया और आ कर गाड़ी में बैठ गए।

शशि बाला ने जैसे ही कप संजय को दिया तो राधिका ने भी दूसरा कप उठा कर माधव की ओर बढ़ा दिया।

अभी वो खाना खा ही रहे थे कि मौसम कुछ खराब होने लगा। वातावरण में कुछ धूल सी छाने लगी। सूर्य इस धूप में छुपने लगा और दिन में ही अंधेरा सा होने लगा।

"चलो भाई ! शीघ्रता कर अब ! मौसम खराब होने लगा है। ना जाने क्यों सहसा ही मौसम को क्या हो गया।" संजय ने कहा और सभी साथ लाया हुआ सामान समेटने लगे।

जब तक वो अपना सामान समेट कर पार्किंग में अपनी कार के पास आये तब तक तेज़ हवाएं भी चलने लगी थीं। चारों और धुंध सी छा गई थी।

"अब तो गाड़ी चलाना भी मुश्किल हो जाएगा।" संजय ने कहा।

"थोड़ी देर रुक जाते हैं, जैसे ही मौसम कुछ ठीक होता है फिर चलेंगे।" राधिका ने कहा।

"थोड़ा आहिस्ता आहिस्ता चलते हैं।" शशि बाला ने कहा।

"नहीं संजय भैया ! थोड़ी देर रुक ही जाते हैं। ऐसे में गाड़ी चलाना मुश्किल ही होगा।" माधव ने भी अपनी राय दी।

"यही ठीक रहेगा। थोड़ी देर रुक ही जाते हैं।" संजय ने भी माधव की राय से सहमत होते हुए कहा।

रुकना क्या था, मौसम और भी खराब होने लगा। आंधी तो थम सी गयी लेकिन बारिश की बूंदाबांदी आरम्भ हो गयी और आसमान में दिन को ही चारो और अँधेरे का साम्राज्य स्थापित हो गया। अब रुकना भी कितनी ही देर था।

अब तक बारिश भी तेज़ हो चुकी थी। मौसम के शीघ्र ही ठीक होने की कोई भी संभावना नहीं लग रही थी। अब यहां ओर रुकने का कोई लाभ भी नहीं था। कुछ सोचते हुए संजय ने कार स्टार्ट की और धीरे धीरे चल पड़ा। प्रकृति के इस परिवर्तन को देखते हुए आश्चर्य होता था। अभी दोपहर को कितनी धूप थी। कोई सोच भी नहीं सकता था की प्रकृति इस प्रकार करवट बदल लेगी।

संजय धीरे धीरे गाड़ी चला रहा था। वैसे भी खराब मौसम, बारिश और अँधेरे के कारण कुछ भी स्पष्ट दिखाई नहीं दे रहा था।

सहसा ही पीछे से आते हुए तेज़ रफ़्तार ट्रक ने उनकी कार को टक्कर मार दी। संजय का इस में कोई भी दोष नहीं था। शायद ट्रक ड्राइवर ने शराब पी हुई थी या मार्ग स्पष्ट ना दिखाई देने के कारण और तेज़ स्पीड होने से उसका ट्रक पर नियंत्रण नहीं रहा था, जिससे अगले ही क्षण कार बायीं और दीवार के साथ जा टकराई। सभी की चीखें निकल गयीं। आसपास के लोग उनकी सहायता के लिए दौड़ पड़े।

लोगों ने सहायता देकर संजय, माधव, शशीबाला और राधिका को बाहर निकला।

संजय को माथे में चोट आई थी और वहां से रक्तनिकल रहा था लेकिन वो पूरी तरह से होश में था। शशी बाला को बाजू में कुछ चोट आई थी और वह भी होश में ही थी। किन्तु राधिका को शायद कुछ अधिक ही चोट आ गई थी। उसके माथे और बाजू से रक्तबह रहा था और वो बेहोश हो गई थी। हाँ ! माधव पूर्णतया सुरक्षित था। उसे कोई भी चोट नहीं आई थी।

संजय ने तुरंत ही अपने आप को संभाल लिया और वहाँ उपस्थित लोगों की सहायता से टैक्सी मंगवा कर ड्राइवर को पास ही मैक्स सुपर स्पेशलिटी हॉस्पिटल चलने के लिए कहा।

ट्रक ड्राइवर दुर्घटना हो जाने पर डर के मारे वहां से भाग गया था। वहां पर उपस्थित लोगों में से किसी ने उसके ट्रक का नंबर नोट कर लिया था और पुलिस को भी सूचित कर दिया था।

(7)

थोड़ी ही देर में वो मैक्स सुपर स्पेशलिटी हॉस्पिटल में पहुँच गए। यह शहर का एक बड़ा हॉस्पिटल था। यहां पर अच्छे इलाज की व्यवस्था थी। सर्वप्रथम राधिका को एमजेंन्सी में शिफ्ट कर उसका इलाज आरम्भ कर दिया गया। तदोपरांत संजय और शशिबाला को फर्स्ट एड देते हुए उनकी मरहम पट्टी आरम्भ कर दी गई। इसके पश्चात पुलिस द्वारा उनके साथ आये हुए लोगों और संजय के ब्यान के आधार पर अज्ञात ट्रक ड्राइवर के विरूद्ध रिपोर्ट लिख ली गयी। इतनी देर में संजय के माता पिता भी वहां पहुँच गए थे।

राधिका के माता पिता को अभी सूचना नहीं दी गयी थी। संजय के मातापिता ने आते ही उन्हें भी इस बात की सूचना दे दी। वो भी आ रहे थे। तब तक संजय के मातापिता के आने से राधिका का भी इलाज़ आरम्भ हो गया था। वह अभी तक बेहोश ही थी।

डॉक्टर ने जांच करने के पश्चात कहा था कि अभी तो स्थिति ठीक है और चिंता की बात नहीं, किन्तु इनका रक्तअधिक बह गया है, इसलिए इनके लिए तुरंत ही रक्तकी व्यवस्था करनी पड़ेगी अन्यथा स्थिति खराब सकती है।

"तो डॉक्टर साहब ! जो भी संभव है शीघ्रता कीजिये। पैसों की अथवा किसी भी चीज़ की आप तनिक भी चिंता न करें," संजय के पिता ने कहा।

"अन्य कुछ नहीं खन्ना साहिब ! इस समय सिर्फ इन्हें रक्तकी आवश्यकता है। अभी नर्स रक्तका सैंपल ले गई है। वो बता देगी की कौन से ग्रुप का रक्तचाहिए।"

"ए प्लस" ग्रुप का रक्त हैं इनका डॉक्टर साहिब और यह बहुत रेयर भी है।" तभी नर्स ने भीतर प्रवेश करते हुए कहा।

"यदि आप में से किसी का 'ए प्लस' ग्रुप का रक्त है तो सुविधा हो जाएगी।" डॉक्टर ने कहा।

"आप हम सब का रक्त चेक कर लीजिये डॉक्टर।" संजय के पिता ने कहा।

"ठीक है। नर्स इनका सैंपल ले लो और जिसका भी रक्त मैच करता है, शीघ्रता से चढ़ाने की व्यवस्था करो।"

आनन फानन में सभी के रक्त सैंपल ले लिए गया, लेकिन किसी के भी रक्त का सैंपल राधिका के रक्त के ग्रुप के साथ मैच नहीं हुआ।

तभी नर्स ने आ कर सूचना दी, डॉक्टर साहब ! एक ब्लड सैंपल मैच हुआ है। यह भी ए प्लस" ग्रुप ही है डॉक्टर साहब।"

"किसका हुआ है ? जिसका भी हुआ है उसका एक बोतल ले लो। हो सकता है इस से ही हमारी आवश्यकता पूर्ण हो जाए।" डॉक्टर ने कहा।"माधव का डॉक्टर साहब !" नर्स ने बताया।

"ठीक है ! माधव का रक्त ले लीजिये और शीघ्रता से पेशेंट को चढ़ाओ।" डॉक्टर के इतना कहते ही नर्स राधिका को रक्त चढ़ाने की तैयारी करने लगी।

"माधव बेटा ! क्या तुम रक्त देने के लिए तैयार हो ?" संजय के पिता ने पूछा।

"हाँ, हाँ ! क्यों नहीं अंकल ! राधिका शशी बहन की सहेली है और आप सब भी उस से इतना प्यार करते है तो मेरा भी तो उसके लिए कोई तो फ़र्ज़ बनता ही है न !"

थोड़ी ही देर में राधिका को माधव का रक्त चढ़ाने का कार्य आरम्भ हो गया।

इतनी देर में राधिका के माता पिता भी आ गए थे। वो भी राधिका की दुर्घटना के विषय में सुनते ही बहुत घबराए हुए थे, और यह स्वाभाविक भी था। जब संजय के माता पिता ने उन्हें समझाया कि डॉक्टर कह रहे है की अधिक चिंता की बात नहीं। राधिका बिटिया शीघ्र ही होश में आ जाएगी।"

इतना सुन कर उन्हें कुछ सांत्वना प्राप्त हुई और वो भी उन सब के साथ ही वहां बैठ कर राधिका के होश में आने की प्रतीक्षा करने लगे।

लगभग एक घंटे के पश्चात राधिका को होश आ गया। उसने आँखें खोल लीं और अपने चारों ओर देखा। तभी उसका ध्यान बाजू में लगाई हुई ड्रिप पर गया जिसमें से बून्द बून्द रक्तउसके जिस्म में आ रहा था। इसके साथ ही उसका ध्यान साथ के ही बेड पर लेटे हुए माधव पर गया, जिसके शरीर से बून्द बून्द रक्तनिकल कर उसके शरीर में समाता जा रहा था। उसने हॉस्पिटल के छत की ओर देखते हुए एक गहरी सांस ली और फिर अपनी आंखें मूँद लीं।

इतनी देर में मुकेश खन्ना, मेजर साहब तथा परिवार के अन्य सदस्य भी भीतर कमरे में प्रवेश कर चुके थे। सभी बारी बारी से उस का कुशलक्षेम पूछने लगे।

तभी डॉक्टर ने भीतर प्रवेश किया, उस समय तक राधिका को रक्तबढ़ चुका था। राधिका को होश में आया देखकर डॉक्टर ने नर्स को ड्रिप उतार देने के लिए कहा।

अब इनकी हालत बिलकुल ठीक है। हम दो तीन घंटे इन्हें अपनी ऑब्जरवेशन में रखेंगे, उसकेपश्चात आप इन्हें घर ले जा सकते हैं, किन्तु अभी थोड़ी देर आप इन्हें आराम करने दीजिये।" इतना कह कर डॉक्टर फिर बाहर चले गए। इतनी देर में नर्स भी भीतर आ चुकी थी। उसने भी सब को पेशेंट को आराम करने देने के लिए ही कहा। जिससे

मेजर साहिब की पत्नी तथा खन्ना साहिब की पत्नी भीतर राधिका के पास रहे और खन्ना साहिब, संजय, शशी बाला सभी बाहिर आ गए।

नर्स द्वारा ड्रिप उतार दिए जाने पर माधव भी उठ कर बेड पर बैठ गया था। तभी नर्स ने उसे फ्रूट जूस की एक बोतल लाकर उसे पीने को दी और फिर जाने की अनुमति दी।

माधव उठ कर मेजर साहिब की पत्नी तथा खन्ना साहिब की पत्नी के पास आकर बैठ गया। मेजर साहिब ने प्यार से उसके सर पर हाथ फेरते हुए खन्ना साहिब की ओर देखते हुए पूछा, "मैंने इस नवयुवक को पहचाना नहीं, जिसने हम पर इतना बड़ा एहसान किया है ?"

"इसे भी आप अपना बेटा ही समझिये। यह मेरे एक दोस्त का भांजा है।" खन्ना साहब ने कहा।

"जम्मू में कहाँ रहते हो बेटा ?" मेजर साहब ने इस बार सीधा माधव से ही पूछा।

"मैं जम्मू का रहने वाला हूँ अंकल !" माधव ने उत्तर दिया।

"यह बहुत ही अच्छा लड़का है मेजर साहिब। हमारे तो घर के सदस्य जैसा ही है।"

"ओह ! कभी हमारे घर भी आना बेटा।" मेजर साहब ने कहा। मेजर साहब की पत्नी भी उसे बहुत ही प्यार और कृतज्ञता के भाव से निहार रही थी।

तभी मेजर साहब की पत्नी उठी और खन्ना साहब की पत्नी के साथ चल कर राधिका के पास चली आई। मेजर साहब की पत्नी ने राधिका के सर पर हाथ फेरते हुए पूछा, "ठीक हूँ मम्मी !" राधिका ने धीमे से मुस्कुराते हुए कहा।

तभी राधिका की दृष्टि माधव पर पड़ी। दोनों की दृष्टि आपस में मिली। राधिका धीमे से मुस्कुरा दी, "थैंक्स !"

माधव ने प्रतिउत्तर में कुछ नहीं कहा। केवल उसके होठों की मुस्कान थोड़ी और गहरी हो गई।

तब तक खन्ना साहिब, संजय, शशी बाला भी भीतर आ गए थे।

तब खन्ना साहब ने फोन कर के ड्राइवर को बुला लिया और अपनी पत्नी,संजय, शशीबाला और माधव को घर जाने के लिए कहा,"मेजर साहिब भाभी जी तथा हम यहीं पर हैं। वैसे भी अब चिंता की कोई बात नहीं है। आप सब लोग घर जा कर आराम करो। थोड़ी ही देर में जैसे ही डॉक्टर अनुमति देंगे हम लोग भी घर आ जाएंगे।"

उस समय सुबह के पांच बज रहे थे, जब खन्ना साहिब घर वापस लौटे थे। खन्ना साहब की पत्नी, संजय, शशीबाला के साथ ही माधव उनके ड्राइंग रूम में ही बैठा हुआ था।

"अब कैसी है राधिका बिटिया, खन्ना साहब?" खन्ना साहब की पत्नी ने पूछा।

"हां ! अब ठीक है। डॉक्टर ने छुट्टी दे दी है।" खन्ना साहब ने सोफे पर बैठते हुए बताया।

"तो अब कहां है वह?"

"मेजर साहब उसे अपने साथ घर ले गए हैं।"

"अच्छा आप बैठिए, मैं आपके लिए चाय बना कर लाती हूं।" कह कर खन्ना साहब की पत्नी चाय लाने के लिए चली गई और थोड़ी ही देर में सभी के लिए चाय ले आई।

"माधव बेटा ! अब तुम भी अपने कमरे में जाकर थोड़ा आराम कर लो। थक गए होगे। तुम ने राधिका को रक्तभी दिया है।" खन्ना साहिब ने चाय का घूंट भरते हुए कहा, "फिर ग्यारह बारह बजे के करीब दुकान पर चले आना। थोड़ा और भी सामान देख लेना जो लेना होगा। तुम्हारे सामान की बिल्टी भी करवानी है। फिर शाम को आठ

बजे की ट्रेन से चले जाना। तुम्हारे मामा भी परेशान होंगे। हालांकि मैंने उन्हें फोन कर दिया था। मैंने बुकिंग करवा दी है।

"जी !" माधव ने कहा और चाय समाप्त कर अपने कमरे में चला गया। इसके पश्चात सभी अपनी चाय समाप्त कर अपने अपने कमरे में सोने के लिए चले गए।

उस समय दस बजे होंगे जब माधव खन्ना साहिब की दुकान पर जाने के लिए घर से निकला होगा। ठीक इसी समय शशीबाला के मोबाइल की रिंग ने गुनगुना कर उसे उठा दिया। देखा तो राधिका का फ़ोन था। फ़ोन की स्क्रीन पर राधिका का नाम देखते ही शशीबाला घबरा गई। सहसा ही इस समय राधिका का फ़ोन आया देख कर उसका घबराना स्वाभाविक भी था।

तुरंत ही उसने फोन उठाया, "क्या बात है राधिका ! ठीक तो हो न ?"

"हाँ, हाँ ! मैं बिलकुल ठीक हूँ। चिंता न कर। तुम्हारे जैसे शुभचिंतकों के होते हुए तुम्हारी सहेली को कुछ नहीं हो सकता।"

"तो फिर इस प्रकार इतनी सुबह फ़ोन करने का कारण ? तुमने तो मेरे प्राण ही निकाल दिए थे।"

"प्राण निकले तुम्हारे दुश्मनों के। तुम्हें तो भगवान करे मेरी भी आयु लग जाए।"

"अच्छा, अच्छा ! रहने दे। यह बता कि बात क्या है ?"

"कोई खास नहीं।"

"फिर भी !"

"मैं असल में माधव को धन्यवाद कहना चाहती थी। फ़ोन तो उसके पास है नहीं। मैं चाहती थी कि तुम्हारे माध्यम से ही उसे धन्यवाद कह दूँ।" कुछ झिझकते हुए राधिका ने कहा।

"तो यह बात है। लेकिन माधव भैया तो दुकान पर जाने के लिए निकल गए हैं और वहां से ही वह शाम को मम्मी को भी साथ ले जायेंगे।"

"लेकिन मुझे कम से कम एक बार तो उससे मिलना है। यह अब तुम पर निर्भर करता है कि कैसे मुझे उससे मिलवाती हो। कैसे अपनी सहेली की इस इच्छा को पूरा करती हो।"

"यह तो बहुत मुश्किल है अब ! डैडी भी पूछेंगे की क्या बात है।"

"मुझे कुछ नहीं मालूम। अब यह तुम जानो।"

"ठीक है। मैं कोशिश करूंगी।"

"कोशिश नहीं तुम्हें उसे मुझसे मिलवाना है। मैं किसी के एहसान का बोझ लिए नहीं रह सकती। मुझे उससे एक बार मिलकर धन्यवाद कहना ही है।"

"ठीक है। मिलवा दूंगी।"

इतना कहकर शशि बाला ने फ़ोन रख दिया और सोचने में तल्लीन हो गईं कि कैसे माधव को बुलाये और फिर राधिका से मिलवाये।

(8)

माधव रात को आठ बजे ट्रेन पर बैठा था और उसके बैठने के लगभग पंद्रह मिनट्स के पश्चात ही ट्रेन चल पड़ी थी। ट्रेन के चलते ही वह विचारों की उधेड़बुन में खो गया था। पिकनिक पर जाने से दुर्घटना होने तक और फिर हॉस्पिटल की सारी घटनायें उसके सामने चलचित्र की भाँति घूम रही थीं। हालांकि वह थका हुआ भी था, उसने राधिका को रक्तभी दिया था और इस कारण से भी थोड़ी कमजोरी और थकान भी थी लेकिन फिर भी उसकी आँखों में नींद का नामोनिशान नहीं था।

उसे याद आ रहा था जब राधिका ने शशीबाला से कहकर उसे फ़ोन करवा कर मिलने के लिए बुलाया था। हालांकि उसके पास उस समय, समय बिलकुल नहीं था। शीघ्र ही उसे अपना सारा काम निपटा कर वापसी के लिए भी तैयारी करनी थी, लेकिन जब घर से शशीबाला के कहने पर संजय ने फ़ोन कर आवश्यक काम से बुलवाया तो उसे आना ही पड़ा था।

घर आने पर शशि बाला ने बिना किसी लाग लपेट के उसे स्पष्ट कह दिया था कि ना जाने क्यों उसे राधिका ने किसी आवश्यक काम से बुलाया है।

इतना कह कर शशीबाला ने ड्राइवर को बुलाया और माधव को लेकर राधिका के घर चलने के लिए कहा था।

जैसे ही वो राधिका के घर पहुंचे मेजर साहब माधव को फिर एक बार घर आया देखकर बहुत प्रसन्न हुए।

"आओ बेटा ! हम तुम्हारा ठीक से धन्यवाद भी नहीं कर सके। राधिका भीतर है।" उन सभी को राधिका के पास छोड़ कर मेजर

साहिब बाहर चले गए थे अपनी पत्नी से चाय वगैरह का प्रबंध करने के लिए कहने।

उनके कमरे से बाहर निकलते ही शशीबाला भी बाहर आ गयी। कमरे के भीतर माधव और राधिका ही रह गए थे।

राधिका माधव को देखकर मुस्कुरा दी और उसे साथ में चेयर पर बैठने के लिए कहा।

"आप ने मुझे याद किया था।" माधव ने थोड़ा झिझकते हुए कहा। यह स्वाभाविक भी था।

"हाँ, माधव! मैं तुम्हारा ठीक से धन्यवाद भी नहीं कर पाई। बस हॉस्पिटल में मात्र थैंक्स ही कह कर बात समाप्त कर दी थी।"

"ऐसी कोई बात नहीं राधिका जी ! यह तो मेरा कर्तव्य था, जो मैंने पूरा किया। मेरे स्थान पर कोई भी होता तो वो भी उस समय पर ऐसा ही करता।"

"हो सकता है। लेकिन यह तुमने किया। मेरे भीतर अब तुम्हारा रक्तदौड़ रहा है। मैं इस बात को भला कैसे भूल सकती हूँ।"

"मुझे इस सेवा का अवसर मिला तो मैंने किया। आपके स्थान पर कोई और होता तो भी मैं ऐसा अवश्य ही करता।"

"तुम चाहे कुछ भी कहो पर मुझसे एक वादा करो।"

"कैसा वादा ?"

"मैंने तुम्हारे लिए एक छोटा सा उपहार रखा है। इसे स्वीकार करो। प्लीज इंकार मत करना।" इतना कह कर राधिका ने पास रखे टेबल की ड्रॉअर से एक पैकेट निकाल कर उसे दे दिया।

"क्या है यह ?" माधव ने पूछा।

"जो भी है घर जाकर देख लेना।" राधिका ने मुस्कुराते हुए कहा, "साथ में एक वादा और। "

"जी !"

"अगली बार जब भी आओगे मुझ से अवश्य ही मिलोगे।" प्रतिउत्तर में माधव ने कुछ नहीं कहा।

"मैंने तुमसे वादा माँगा है।"राधिका ने फिर माधव से कहा।

"जी प्रयास करूंगा।" माधव ने कहा।

"प्रयास नहीं, अवश्य !"

इससे पहले की माधव कुछ कह पाता या राधिका ही कुछ कहती, शशीबाला भीतर आ गई। उसके साथ ही मेजर साहिब और उनकी पत्नी भी आ गए। साथ में उनकी चाय और पकौड़ों की ट्रे उठाये नौकर भी था।

"अंकल जी, मुझे देर हो जाएगी। मुझे अभी बहुत सा काम है और रात आठ बजे की ट्रेन है।" माधव ने अपनी विवशता प्रकट करते हुए कहा।

"नहीं ! तुम्हें देर नहीं होने देंगे। ड्राइवर तुम्हें शीघ्रता से पहुंचा देगा, लो अब आरंभ करो।" मेजर साहब ने कहा और नौकर को शीघ्रता से चाय सर्व करने के लिए कहा।

रह रह कर राधिका का चेहरा उसकी आंखों के सामने मचल रहा था। वो मुस्कुराता हुआ चेहरा। जब उसने मुस्कुराते हुए उसे 'थैंक्स" कहा था।

कितनी प्यारी है राधिका ! हालांकि उसे चोट लगी हुई थी और उसके सर पर पट्टी भी बंधी हुई थी। फिर इतना अधिक रक्त बह गया था और कमजोर भी तो इतनी हो गई थी। लेकिन उसकी आँखों में ना न जाने क्या कशिश थी की जब उसने उसे 'थैंक्स' कहा था, मानो वह उस के आकर्षण में बंध सा ही गया था।

आखिर बात क्या है ! वह राधिका के बारे में इतना क्यों सोचता है। वह उसकी और इतना क्यों खींचता चला जा रहा है? ऐसी सोच उसे रह रह कर परेशान कर रही थी।

राधिका और उसका तो किसी भी प्रकार का मेल नहीं है। वो कहाँ देहली जैसे बड़े शहर की रहने वाली मेजर साहिब की फैशनबल लड़की और वो एक गांव का रहने वाला साधारण लड़का। वो उसके बार में सोच भी कैसे सकती है। फिर वो तो पहले ही आद्रिका को अपना दिल दे चुका है। वो अपनी आद्रिका के अतिरिक्त वह अन्य किसी के बारे में सोच भी कैसे सकता है।

इस समय रात के चार बज रहे थे। सात बजे के करीब ट्रेन के जम्मू पहुँचने की उम्मीद थी। माधव का मन कर रहा था की कोई स्टेशन आये और थोड़ी सी चाय पीने को मिल जाए।

इतनी देर में ट्रेन पठानकोट स्टेशन पर पहुंच गई। यहां ट्रेन आधा घंटा के करीब रुकती है। जैसे ही ट्रेन रुकी चाय वालों का शोर उभर आया। कई चाय बेचने वाले ट्रेन के भीतर भी आ गए थे और चाय दे रहे थे। हालांकि उस समय बहुत से यात्री सोये हुए थे लेकिन कुछ शीघ्र उठने वाले जाग गए थे और चाय ले रहे थे। माधव ने भी एक चाय वाले से चाय का कप लिया और साथ में एक बिस्कुट का पैकेट लेकर खाने लगा।

ट्रेन के रुकने का समय समाप्त हो गया था और ट्रेन धीरे धीरे रेंगने लगी थी। यहां से जम्मू तक अधिक स्टेशन होने के कारण ट्रेन थोड़ी रुक रुक कर धीरे धीरे ही चलती है।

माधव की बर्थ खाली पड़ी हुई थी। साथ के साथी कभी के अपने अपने स्टेशन पर उतर गए थे। माधव खिड़की के साथ बर्थ पर अपना बेग रख कर उसका सिरहाना बना कर फिर से लेट गया।

राधिका ने उसे क्या उपहार दिया है ! अभी तक उसने इसे देखा नहीं था। समय ही नहीं मिला था। जैसे ही राधिका के घर से निकला था तो शशीबाला उसके साथ थी। उसके सामने उसने उस पैकेट को खोलना ठीक नहीं समझा और इसे अपने बैग में दूसरे सामान के साथ डाल लिया था। फिर वहाँ से सीधा खन्ना साहिब के पास दुकान पर था और वहाँ से फ्री होते ही ट्रेन पकड़ने के लिए चल दिया था। फिर बस इस अफरा तफरी में उसे इतना समय ही नहीं मिला की वह आराम से इसे देख पाता। हालांकि राधिका के विचारों में खोये हुए ही एक दो बार उसका मन किया भी कि वह इस पैकेट को खोल कर देख ले कि राधिका ने उसे क्या दिया है, लेकिन ना जाने क्यों फिर उसने आराम से इसे घर जाकर देखने की सोच कर यह विचार त्याग दिया।

उस समय सवा सात बजने को थे जब ट्रेन जम्मू के प्लेटफॉर्म आ कर रुकी। स्टेशन से जब वह बाहर आया तो उसे समय तक पौने आठ बजे का समय हो गया था जब उसने मेटाडोर पकड़ी। मेटाडोर से शालामार और फिर वहाँ से शहीदी चौक तक का पंद्रह मिनट का रास्ता मामा के घर तक।

मेटाडोर अपने मार्ग पर चली जा रही थी और इसके साथ ही इसी तरह के विचार माधव के मन मस्तिष्क में भी चल रहे थे।

जैसे ही माधव घर पहुंचा तो मामा ने उसे बताया की वह उसके घर गए थे। उसके पिताजी बीमार थे, लेकिन अब घबराने की बात नहीं। अब वह पूरी तरह से ठीक हो गए हैं। फिर भी मैं चाहता हूँ की तुम आज सीधे ही घर चले जाओ और अपने माता पिता से मिल आओ। तुम नौ बजे भी यहां से निकलोगे तो ग्यारह बजे तक घर पहुँच ही जाओगे। तुम्हारी बहनें भी तुम्हें बहुत याद कर रही थी। वैसे भी आज इतवार है। दुकान पर तो आज नागा (साप्ताहिक छुट्टी) ही है।

लेकिन कल वापस चले आना। इधर मेरी भी सेहत ठीक नहीं है और मुझे भी डॉक्टर ने कुछ दिन घर पर आराम करने के लिए ही कहा है। दुकान पर काम भी बहुत अधिक है।है

"ठीक है मामा जी !" माधव ने कहा,"मैं अभी चला जाता हूँ और सुबह तक वापस आ जाऊंगा।"

"हाँ ! तुम अभी नहा धो लो। नाश्ता कर लो, फिर चले जाना।"

"ठीक है मामा जी !" माधव ने कहा और अपने कमरे में जाकर नहाने वगैरह की तैयारी करने लगा।

थोड़ी देर में ही नहा धो कर माधव ने नाश्ता किया और बाइक निकाल कर घर की और चल दिया।

"बाइक थोड़ा आहिस्ता चलाना।" मामा ने जाते जाते माधव से कहा।

जाते जाते माधव अपने साथ राधिका का दिया हुआ उपहार ले जाना नहीं भूला। वहाँ इसे आराम से खोल कर देखूंगा की राधिका ने क्या दिया है। सोचते हुए माधव के चेहरे पर मुस्कान सी खिल गई।

(9)

घर में परिवार के सभी सदस्य कुशल मंगल से थे। हाँ ! पिता जी कुछ दिन पहले बीमार हो गए थे। उन्हें ,डेंगू बुखार हो गया था। किन्तु अब वह पूरी तरह से स्वस्थ थे। दोनों बहनें अनुराधा और रत्नों उसे देख कर बहुत प्रसन्न हुई थी।

"भैया अब तो गांव में मोबाइल का टावर भी लग गया है. अब तो मैं मोबाइल लूंगी ही तुमसे भैया।" अनुराधा ने कहा।

"हाँ,हाँ क्यों नहीं ! मैंने तुमसे वादा किया था कि जब भी गांव में मोबाइल का नेटवर्क आएगा, मैं तुम्हें मोबाइल ले दूंगा।"

"और मुझे भी भैया।" रत्नों ने भी कहा।

"हाँ, हाँ तुम्हें भी ला दूंगा। अगली बार जब आऊंगा तो तुम दोनों के लिए ही एक एक मोबाइल ला दूंगा।" माधव ने दोनों को प्रसन्न कर दिया।

"तब हम भैया से मोबाइल पर बातें किया करेंगे।" अनुराधा ने चहकते हुए कहा।

"लेकिन कैसे ! मेरे पास तो मोबाइल है नहीं अभी।" माधव ने उन्हें उलझन में डालते हुए कहा।

"लेकिन सबसे पहले भैया तुम्हें अपने लिए लेना होगा। तभी तो हम भी तुम से बात कर सकेंगे।" अनुराधा ने कहा।

"अरे ! अभी अभी तो आया है बेचारा। उसे दो घड़ी बैठने तो दो। चाय पानी पी लेने दो। फिर जो चाहे फरमाइशें करना।" मां ने दोनों बहनों को समझाते हुए कहा।

"हाँ मम्मी ! वैसे भी आज ही मैं देहली से आ रहा हूँ सुबह। फिर जैसे ही मामा के घर पहुंचा तो मामा ने पिता जी के बीमार होने के बारे में बताया तो सीधा इधर ही चला आ रहा हूँ। अभी मैं वैसे भी थोड़ा रेस्ट करना चाहता हूँ।" माधव ने कहा।

"ठीक है भैया ! बाकी बातें शामपश्चात में करते हैं। तुम्हारे चाय पी लेने केपश्चात ।" कहकर दोनों बहनें दूसरे कमरे में चली गईं।

इसके साथ ही माधव भी भीतर कमरे में जा कर सो गया। हालांकि गर्मी का मौसम था लेकिन यहां पहाड़ी के ऊपर उनका घर था वहां तो जून के महीने में भी सितंबर के महीने जैसी ठंडक होती थी। एक तो पहाड़ी की ऊंचाई पर बसा था यह गांव और दूसरा इस गांव के साथ-साथ ही चिनाब दरिया भी बहता था, जो पहले से ही काफी ठंडा था। यहां के लोगों को गर्मियों के मौसम में भी आमतौर पर पंखे की आवश्यकता महसूस नहीं हुई।

जब माधव की नींद खुली तो उस समय दोपहर के तीन बज रहे थे अर्थात वह ढाई घंटे के करीब सोया था। नींद अभी भी उसकी आंखों में व्याप्त थी। लेकिन अब उसने उठना ही ठीक समझा। उठकर थोड़ी देर सुस्ताने केपश्चात उसने मम्मी से कहा, मम्मी! मैं थोड़ी देर के लिए दरिया की तरफ जा रहा हूं।"

"लेकिन अभी धूप है बेटा ! थोड़ा ठहर कर जाना अगर जाना भी है तो।"

"कोई बात नहीं मम्मी! इतनी अधिक भी नहीं है।"

"जैसी तुम्हारी इच्छा।"

"मैं भी जाऊंगी मम्मी भैया के साथ।" तब तक पास ही सोई हुई अनुराधा भी जाग गई थी।

"तुम ने क्या करना है साथ जाकर ? चुपचाप लेटी रहो।" माधव ने डांट दिया।

"नहीं, मैं भी जाऊंगी।" अनुराधा ने कहा।

"तुम्हें मोबाइल लेना है न ?"माधव ने अनुराधा की चाहत पर प्रहार किया।

"ठीक है, नहीं जाती।" अनुराधा ने भी अपने हथियार डालते हुए कहा, 'लेकिन मैं भी उसकी कोई बात नहीं बताऊंगी।"

"किसकी बात?" तभी अनुराधा की बात को उसकी मम्मी ने सुन लिया।

"कुछ नहीं मम्मी! भैया कह रहे थे की फोन की बात किसी को मत बताना। मैंने कहा मैं उसकी कोई भी बात किसी को नहीं बताऊंगी।"

मम्मी संतुष्ट हो गईं। फिर माधव ने कुछ नहीं कहा और उठ कर दरिया की ओर चल दिया।

दरिया के किनारे ठंडी हवा बह रही थी। चिनाब दरिया की उमंग और मस्ती में बहते पानी की बात ही कुछ ओर है। इसे यूं ही प्रेमियों की नदी नहीं कहा जाता। यहां इसके किनारे आते ही किसी का भी मन मचल सा जाता है। ना जाने किन किन रास्तों और पहाड़ियों से प्रेमालाप करता हुआ यह मैदानी इलाकों में पहुंचता है। कितने ही प्रेमी इसकी लहरों को आत्मसात कर उसमें समा गए हैं।

माधव आकर उस आम के वृक्ष के नीचे रुक गया, यहां आमतौर पर वह अपने मवेशियों को चराने समय बैठा करता था और कितनी बार वह अपनी आद्रिका से मिल चुका था। आज भी वहां रुकते ही उसकी आंखों के सामने वही दृश्य लहराने लगा जब वह पहली बार

आद्रिका से मिला था और फिर उसकी आंखों के दृश्य पटल पर और भी दृश्य मचलने लगे जब जब भी वह दोनों आपस में मिले थे।

"भैया ! क्या देख रहे हो। यहां कोई नहीं आएगा।" तभी अपने पीछे से आई आवाज़ ने उसे चौंका दिया। उसने जैसे ही पीछे मुड़ कर देखा तो उसकी बहन अनुराधा खड़ी मुस्कुरा रही थी।

"क्यों ऐसा क्यों कह रही हो तुम ?" अनुराधा की ऐसा कहना सुनकर वह घबरा सा गया।

घबराओ नहीं भैया !" मुस्कुराते हुए अनुराधा ने कहा,"एक तो उसके गांव में आज शादी है। वह वहाँ अपनी सहेलियों के संग व्यस्त होगी, दूसरा उसे तुम्हारे आने का पता थोड़े ही होगा, जो दौड़ी यहां चली आती।"

"पहले यह बताओ, तुम्हें यहां आने के लिए किसने कहा ? तुम्हें मना किया था मैंने। अब तुम्हें कोई मोबाइल नहीं मिलेगा।"

"आई मैं अपनी मर्जी से। इसलिए कि तुम्हें कुछ बातें बतानी था। घर में समय नहीं मिलता। रही बात तुम्हारे मोबाइल न देने की धमकी की, मुझे इसकी परवाह नहीं। वो तो मैं अपने भैया से ले ही लूंगी।"

"बहुत शरारती हो गई तुम अब।"

"क्या करूँ भैया ! तुम्हारी भलाई के लिए मैं नहीं सोचूंगी तो दूसरा ओर कौन सोचेगा। तुम्हें मालूम है आज सुबह की वहाँ बारात भी आई हुई है। पता है उस ओर से इस तरफ नाव ने कई फेरे लगाए थे पूरी बारात को लाने के लिए। कोई एक सौ से अधिक ही बाराती होंगे। जब बारात आई तो यहां दरिया के किनारे बहुत रौनक थी।" अनुराधा बता रही थी, "आज शाम को भी बहुत मज़ा आएगा जब बारात दुलहन लेकर वापस जाएगी नावों पर सवार होकर।" अनुराधा ने प्रसन्नता से कहा।

माधव ने प्रतिउत्तर में कुछ नहीं कहा। चुपचाप अनुराधा की बातें सुनता रहा।

"आज शाम के समय भी यहां आयेंगे। रौनक मेला देखने।"

"हो सकता है तुम्हारी वो भी आ जाए शाम के समय दुल्हन की विदाई के साथ साथ।" माधव को चुप देखकर अनुराधा ने उसकी ओर देखते हुए उस के मनोभावों को भांपते हुए कहा।

"वो कौन ?" माधव ने कुछ अनजान बनते हुए कहा।

"अब अनजान मत बनो भैया ! मैं उसकी ही बात कर रही हूँ। जिससे मिलने की आस लिए तुम यहां आये हो।"

इस बार माधव ने कुछ नहीं कहा। अनुराधा ही निरंतर बोलती रही, "आपको मालूम है भैया ! एक दिन आद्रिका मुझे मिली थी।"

"अच्छा ! क्या कह रही थी ?" अब माधव भी उसकी बातों में रुचि लेने लगा था।

"उसने बताया था की परीक्षा में वह पास थी और उसके माता पिता उसकी सगाई करने की बात सोच रहे थे।"

"सगाई की बात !" सुनकर माधव सहसा हूँ चौंक गया।

"हाँ भैया ! तुम्हें मालूम तो है ही कि हमारे यहां गांवों में अच्छा लड़का मिलने पर छोटी आयु में ही लोग लड़कियों की सगाई कर देते हैं।"

"वो तो है, लेकिन अब क्या करना चाहिए।" कहते कहते माधव उदास हो गया।

"अब यही किया जा सकता है कि जैसे भी हो तुम आद्रिका से मिलो। वो क्या कहती है और फिर उसकेपश्चात पापा से खुल करें बात करो।" अनुराधा ने माधव को अपनी राय देते हुए कहा।

"हाँ ! बात तो तुम ठीक कह रही हो। अब तो मुझे कल सुबह चले जाना है। मामा की सेहत ठीक नहीं है और उन्होंने मुझे कल ही वापस आने के लिए कहा है। अगली बार जब भी आता हूँ तो तुम्हारे मोबाइल भी लेता आऊंगा और फिर पापा से भी बात करुंगा और आद्रिका से भी।"

"और कोई बात हुई थी ?" कुछ क्षण की चुप्पी के पश्चात माधव ने पूछा।

"बात तो कुछ नहीं हुई। लेकिन वह तुमसे शीघ्र से शीघ्र मिलना चाहती है। अब जैसे भी संभव हो समय निकाल कर उससे मिलो। उससे मिलकर उसके माता पिता के विचारों का पता करो। वो क्या सोचते हैं। तभी बात आगे बढ़ेगी।"

"ठीक है। आओ अब घर चलते हैं।" माधव ने कहा और उसके साथ ही अनुराधा भी उठ खड़ी हुई और दोनों घर की ओर वापस चल पड़े। राधिका का दिया हुआ उपहार अब भी माधव के हाथ में था। उसे खोल कर देखने का उसे समय ही नहीं मिला था।

शाम के आठ बजे का समय होगा उस समय। गर्मियों के मौसम में शाम के आठ बजे भी अभी धूप ही होती है। फिर भी अब थोड़ी ही देर में रात भी होने ही वाली होती है और तब दरिया में नाव भी नहीं चलाई जाती। इसलिए बारात को भी शीघ्र ही वापस लौटना था और इसके साथ ही दुल्हन की विदाई भी शीघ्र ही हो रही थी।

दरिया के किनारे बहुत रौनक थी। सभी बाराती और दुल्हन की डोली दरिया किनारे पहुंच गए थे। किनारे पर दो नाव लगी हुई थीं। एक नाव पर दूल्हा बैठ गया था और दुल्हन को पालकी से निकाल कर उसके साथ बैठाने की तैयारी हो रही थी। दुल्हन की सहेलियों ने और उसके संबंधियों ने डोली को घेर रखा था। गांव की औरतें दुल्हन की

विदाई के सुहाग गीत गा रही थी। विदाई के कारण समय उदासी भरा हो गया था।

दूसरी और दूसरी नाव पर बाराती चढ़ रहे थे। बहुत चहल पहल थी। सभी अपने अपने ही रंग में डूबे हुए थे।

माधव और उसकी दोनों बहनें अनुराधा और रत्नो उस आम के वृक्ष के नीचे खड़े होकर यह दुल्हन की विदाई का दश्य देख रहे थे। माधव की दृष्टि उस ओरतों की भीड़ में अपनी आद्रिका को तलाश रही थी। शायद अनुराधा भी उसे ही ढूंढ रही थी।

सहसा ही अनुराधा की दृष्टि आद्रिका पर पड़ गई। वह भीड़ में से निकल कर उन्हीं की ओर आ रही थी।

"भैया ! आद्रिका आ रही है।" अनुराधा ने माधव के हाथ को हिलाते हुए कहा।

माधव की भी दृष्टि आद्रिका पर पड़ गई। दोनों की दृष्टि आपस में मिली। तभी अनुराधा ने रत्नो को अपने साथ लिया और डोली की ओर चल पड़ी, आओ रत्नो ! थोड़ा पास चल कर देखते हैं। यहां से कुछ मज़ा नहीं आ रहा।" इतना कह कर उसने रत्नो का हाथ पकड़ा और दरिया के किनारे रखी डोली की ओर चल दी यहां दुल्हन डोली से निकल कर नाव में दूल्हे के पीछे मायके से साथ जा रही और बारात के साथ आई हुई कुछ ओरतों के साथ बैठ चुकी थी।

रत्नो की मासूमियत और उत्सुकता से अनुराधा के साथ दरिया के किनारे की ओर चल दी और जाती हुई बारात को कौतूहल से देखने लगी।

आद्रिका धीमे धीमे कदमों से चलती हुई माधव के पास आ गई, माधो ! कहाँ गुम हो गए थे तुम। इतने दिनों केपश्चात दिखाई दे रहे हो?"

माधव का हुआ आगे बढ़ कर आद्रिका को अपने गले से लगा ले और बाहों में भींच ले। किन्तु परिस्थितिवश वह चाहते हुए भी ऐसा नहीं कर सका, "तुम्हें मालूम ही है आद्रिका ! मैं आजकल शहर चला गया हूँ अपने मामा के पास और वहाँ उन्हीं के पास काम करता हूँ। इसलिए बहुत चाहते हुए भी यहां अधिक आ नहीं पाता।"

"ठीक है मत आओ ! ऐसे ही किसी दिन मुझे भी आकर ले जाएगा कोई और तब ढूंढते रहना।" आद्रिका ने कुछ भावुक होते हुए कहा।

"नहीं नहीं, ऐसा कभी नहीं हो सकता। इस बार मैं शीघ्र ही आऊंगा और अपने घर वालों से खुल कर तुम्हारे बारे में बात करूंगा। फिर वो तुम्हारे माता पिता से बात करके तुम्हें मेरे लिए मांग लेंगे।" माधव ने उसे दिलासा देते हुए कहा।

"कहीं ऐसा न हो माधो ! बहुत देर हो जाए। मेरे घर में पहले से ही मेरी शादी की बातें हो रही हैं। इधर मेरा परीक्षा के परिणाम आते ही उन्होंने इस सम्बन्ध में बातें करना आरम्भ कर दिया है।" आद्रिका ने चिंता प्रकट करते हुए कहा।

"नहीं, ऐसा नहीं होगा। तुम्हें मालूम है कि अनुराधा को तो हमारे सम्बन्ध में सब कुछ मालूम है। वह कल ही मम्मी से बात करेगी और मम्मी फिर पापा से। फिर अगली बार जब भी मैं आऊंगा तो बात तुम्हारे घर वालों से भी हो जाएगी। वैसे भी अब मैं कमाने लगा हूँ और मेरे माता पिता भी मेरी शादी शीघ्र ही कर देना चाहते हैं। फिर अनुराधा की भी तो करनी है। माधव ने उसे फिर से दिलासा दिया।

"फिर कब आओगे ?" आद्रिका ने से पूछा।

"बहुत शीघ्र ही आऊंगा अपनी आद्रिका के पास !" कहते हुए भावावेश में माधव ने आद्रिका का हाथ अपने हाथ में ले लिया।

"भैया !" तभी उन्हें अनुराधा की आवाज सुनाई दी। दोनों बहने उसी की ओर आ रही थी। तब उन्हें आभास हुआ कि वास्तव में ही कितनी देर हो चुकी है। बारात की नावें कब की जा चुकी थी और अब तो दुल्हन की विदाई के लिए आये हुए गांव वाले भी वापस लौटने लगे थे।

इतनी देर में अनुराधा और रत्नो भी माधव के पास आ गईं थीं। तभी आद्रिका की एक सहेली ने उसे आवाज़ दी, "अद्रिका ! तुम वहाँ क्या कर रही हो। घर वापस नहीं चलना है क्या ?"

"हाँ ! आ रही हूँ। चलो।" फिर उसने माधव को धीमे से "बाय" कहा धीरे से अपना हाथ छुड़ाते हुए अपनी सहेलियों के पास चली गई।

बहुत देर तक माधव आद्रिका और उसकी सहेलियों को गांव वालों के साथ जाते हुए देखता रहा, जब तक कि वो दृष्टि से ओझल नहीं हो गई।

"चलो अब !" माधव ने अपनी बहनों से कहा और फिर वो भी सभी अपने घर को वापस लौट पड़े।

(10)

सुबह पांच बजे का समय था। माधव उठ गया था। वैसे भी उसे सुबह शीघ्र ही उठने की आदत थी। अपने स्कूल के समय से ही वह शीघ्र उठ कर बाहर सैर करने के लिए निकल जाता था और फिर टहलते टहलते दरिया के किनारे चला आया करता था। वहां पर ही दातुन वगैरह भी करता और फिर वहीं दरिया में नहा कर घर आया करता था। इसकेपश्चात वो मवेशियों को घास वगैरह डालता तथा घर के दूसरे काम करता और फिर तैयार होकर स्कूल चला जाया करता था।

उसकेपश्चात स्कूल से आकर खाना, खाना और मवेशियों को लेकर दरिया के किनारे चराने ले जाना। शाम के समय दूसरे आवश्यक काम और फिर रात को स्कूल का दिया हुआ काम। बस ! यही दिनचर्या थी उसकी।

अपनी इस आदत से ही वह इस समय उठ गया था और बाहिर टहलने के लिए निकल गया था। आज वह पूर्व की अपेक्षा थोड़ी शीघ्रता में लग रहा था। इसका एक कारण तो साफ़ था की उसे घर से भी आठ बजे के करीब निकल जाना था और दस बजे तक मामा के घर पहुँच कर दूकान पर पहुंचना था। उसके पहुँचने पर दुकान खुलती और इसीलिए मामा ने भी उसे शीघ्र ही आने के लिए कहा था।

इस सब के अतिरिक्त भी उसकी शीघ्रता का एक कारण लग रहा था। वो कारण था उसके हाथ में लिया हुआ राधिका का दिया हुआ पैकेट। जिसे उसने एक लफाफे में बहुत सावधानी से पकड़ा हुआ था।

इतने दिनों से यह पैकेट उसके पास ही पड़ा हुआ था और वह इतना लापरवाह है कि उसे खोल कर देखा तक नहीं। कम से कम इतनी उत्सुकता भी नहीं कि देखे तो सही उसमें है क्या जो राधिका ने उसे दिया था। आज वह देख लेना चाहता था। इसलिए भी वह शीघ्रता से चल रहा था।

थोड़ी ही देर में माधव दरिया के किनारे उस आम के वृक्ष के नीचे पहुँच गया यहां कल वह आद्रिका के साथ मिला था और कितनी ही बातें की थीं। सारे का सारा दृश्य एक बार फिर उसकी आँखों के सामने मचल सा गया। एक बार के लिए उसकी दृष्टि उस ओर उठ गयी जिधर आद्रिका अपनी सहेलियों के साथ जाती हुई उसकी दृष्टि के सम्मुख से ओझल हो गई थी।

उस समय दरिया के ऊपर से ठंडी ठंडी हवा बहती हुई किनारे की ओर आती बहुत ही सुखद सा आभास दे रही थी। वैसे भी गर्मियों का मौसम था। ऐसे में दरिया के किनारे बहती हुई इस ठंडी हवा की बात ही कुछ और थी।

माधव नीचे घास पर बैठ गया। उसने पॉलीथिन के लिफ़ाफ़े में से पैकेट निकाला और अलग फेंक दिया। उस समय बहती हवा कुछ और भी तेज हो गई थी। वो लिफ़ाफ़े को उड़ा कर दूर ले गई। माधव ने 'सील' किये हुए पैकेट को खोलना आरम्भ किया। दिल में उत्सुकता और बढ़ गई। पैकेट में क्या है !

तभी माधव ने पैकेट का ऊपर का भाग अलग किया। भीतर एक बहुत ही प्यारा सा आकर्षक मोबाइल रखा हुआ था। जिसे देखते ही माधव के होठों पर मुस्कान सी खिल गई। मोबाइल बहुत ही प्यारा था और महंगा लगता था। माधव ने बहुत धीमे से उसे डिब्बे में से निकाला। उसके नीचे एक बहुत ही प्यारा सा स्टीकर रखा हुआ था,

जिस पर राधा-कृष्ण की एक बहुत ही प्यारी सी तस्वीर रखी हुई थी। तस्वीर के नीचे एक नंबर अंकित था और उसके नीचे बहुत ही सुंदर अक्षरों से लिखा था, "मोबाइल में 'सिम' डालते ही सबसे पहले इस नंबर पर फ़ोन करना। मैं प्रतीक्षा करूंगी।'

इसके साथ ही डिब्बे में ही गारंटी कार्ड, मैनुअल और साथ में चार्जर वगैरह रखे हुए थे। माधव की दृष्टि उस स्टीकर पर अटकी ही रह गई। बहुत ही प्यारा स्टीकर था। मोबाइल की भांति ही।

इतनी देर में दरिया की ओर से बहती हुई हवा ओर भी तेज हो गई। माधव ने मोबाइल अपने पास में रखा और डिब्बे में रखे हुए स्टीकर को निकाल कर मोबाइल के साथ रखा और साथ में रखे हुए 'गारंटी कार्ड', 'मैनुअल' और साथ में 'चार्जर' वगैरह को देखने लगा।

किन्तु तभी ना जाने कहाँ से हवा का एक बहुत तेज झोंका आया और मोबाइल के नीचे रखे हुए प्यारे से स्टीकर को अपने साथ उड़ा कर ले गया। माधव ने फ़ौरन से मोबाइल और दूसरा सामान पकड़ा और हवा के साथ उड़ते 'स्टीकर' की ओर भागा। किन्तु हवा के साथ भी भला पर्तिस्पर्धा कर पाया है कोई। पलक झपकते ही स्टीकर हवा के साथ उड़ता हुआ दरिया के बीचों बीच जा पहुंचा और माधव बेचारा दरिया के किनारे ही मायूस हाथ मलता ही रह गया।

'स्टीकर' में राधिका का 'मैसेज' और एक 'नंबर' भी लिखा हुआ था। सबसे दुःख तो माधव को इस बात का हुआ। वो 'स्टिकर' एक प्रकार की राधिका की उसको दी हुई निशानी थी। साथ में दिए हुए 'नंबर' के साथ संदेश ! अब सब कुछ खो गया था। माधव बहुत निराश हो गया। लेकिन अब अन्य कोई उपाय भी तो नहीं था।

उसने मोबाइल और साथ का दूसरा सामान डिब्बे में डाला और

उदास कदमों से धीरे धीरे घर की ओर चल दिया। अब हवा की बहने की गति भी धीमी हो गई थी।

घर आकर उसने मोबाइल वगैरह को कागज में लपेट कर दूसरों की दृष्टि से छुपा कर बैग में डाल लिया और मामा के घर जाने के लिए तैयारी करने लगा।

किन्तु मनुष्य कुछ सोचता है और विधाता कुछ और ही सोचता रहता है। मनुष्य को इस बात का आभास तक भी नहीं हो पाता की अगले ही पल उसके साथ क्या होने वाला है और सहसा ही उसके साथ अनचाहा हो जाता है जिसका उसे मात्र विचार तक भी नहीं होता।

जिस समय माधव घर से निकला उस समय ठीक नौ बज रहे थे। माधव को देर हो गई थी। यहां से जम्मू पहुँचाने में लगभग डेढ़ घंटे का समय तो लगना ही था। इसलिए माधव शीघ्रता कर रहा था। उसके निकलते ही अनुराधा ने पीछे से आवाज़ देकर उसे पुकारा, "भैया ! फिर कब आओगे ?"

"शीघ्र ही आऊंगा और मुझे याद है आप दोनों के लिए मोबाइल भी लाना है।" माधव ने मुस्कुरा कर कहा और 'बाइक' को 'स्टार्ट' किया।

कुछ ही देर में माधव घर से लिंक रोड पर आ गया। लिंक रोड स्थान स्थान पर से उखड़ा हुआ था, जिससे बाइक बहुत धीमी ही चल पाती थी। यहां से मेन रोड तक का कोई पांच किलोमीटर का फासला था।

यहां पहुँचाने में उसे लगभग बीस मिनट लग गए। 'मेन रोड' पर पहुंचते ही माधव की बाइक ने गति पकड़ ली।

जैसे जैसे बाइक आगे बढ़ रही थी माधव के मनोमस्तिषक में विचारों का झंझावात चलने लगा। एक तो वह मामा के घर भी शीघ्र

ही पहुँच जाना चाहता था, दूसरा जो राधिका द्वारा भेंट किये गए मोबाइल के साथ रखा स्टीकर था, जिस पर उसने मोबाइल नंबर लिखा हुआ था, वो उड़ कर दरिया में बह गई थी, यह बात भी उसे बहुत विचलित कर रही थी। इसके साथ साथ ही बीच बीच में उसकी आद्रिका का भी चेहरा उसकी आँखों के सामने लहरा रहा था। कभी मामा का ध्यान, कभी राधिका, तो कभी उसकी आद्रिका !

इसी प्रकार विचारों में उलझा हुआ वह बाइक चला रहा था कि सहसा ही जैसे ही वह रायपुर के पास एक मोड़ काटने लगा कि सामने से आते हुए एक ट्रक का पिछला भाग उसकी बाइक से टकरा गया और वह नीचे गिर पड़ा। बाइक उसके ऊपर गिर पड़ी।

ट्रक वाले को शायद इस बात का पता भी नहीं चल पाया था। वह अपनी गति से चला गया।

माधव अकेला ही सड़क के किनारे पड़ा हुआ था। वह बाइक को अपने ऊपर से हटाने और उसके नीचे से निकलने का प्रयास कर रहा था। उसके शरीर में कुछ स्थानों पर चोटें भी आई थीं, जहां से रक्त बह रहा था और दर्द से वह कराह रहा था। ऐसा लग रहा था कि शायद कोई हड्डी वगैरह भी फ्रैक्चर हो गई है। उस समय सड़क पर किसी ओर से कोई गाड़ी भी नहीं आ रही थी। इसलिए वह असहाय अवस्था में ही पड़ा हुआ था।

दस मिनट तक वह यूँ ही बाइक के नीचे दबा हुआ असहाय अवस्था में सड़क के किनारे पड़ा रहा और उसके शरीर से रक्त बहता रहा। दस मिनट के पश्चात उसे भलवाल की ओर से एक कार आती हुई दिखाई दी। कार वाले ने जब सड़क के किनारे एक बाइक और उसके नीचे किसी को दबा हुआ पड़ा देखा तो उसने बहुत पीछे ही अपनी कार को ब्रेक लगा ली और कार से उतर कर माधव के पास चला आया।

"क्या हुआ बाइक से गिर गए क्या ?" कार वाले ने उस पर से बाइक को हटाते हुए पूछा।

"एक ट्रक वाले ने साइड मार दी।" माधव ने असहनीय दर्द से कराहते हुए बहुत कठिनाई से कहा।

इतनी देर में एक दो ओर भी गाड़ी वाला वहाँ पहुँच गया। उन्होंने भी आगे आकर कार वाले की सहायता की। बाइक को सड़क के किनारे लिटा दिया। अब उसे हॉस्पिटल ले जाने की आवश्यकता थी। ऐसे में बहुत से लोग पीछे हट जाते हैं कि कौन पुलिस की पूछताछ के झमेले में पड़े। तब उस कार वाले ने माधव से कहा, "कोई बात नहीं, तुम घबराओ नहीं। मैं तुम्हें हॉस्पिटल ले चलता हूँ और यदि कोई भी डॉक्टर या पुलिस वाले पूछें तो उन्हें सच्चाई बता देना कि कैसे तुम्हारा एक्सीडेंट हुआ था।"

कार वाले ने लोगों की सहायता से माधव को बहुत कठिनता से कार में लिटाया। उसे बहुत अधिक दर्द हो रहा था किन्तु दर्द सहने के अतिरिक्त इस समय अन्य कोई उपाय भी नहीं था। वहा पर इकट्ठे हुए लोगों ने बाइक के साथ पड़ा हुआ बैग भी उसके साथ ही रख दिया, जिसमें उसके आवशयक सामान के साथ ही राधिका का दिया हुआ मोबाइल भी पड़ा हुआ था। उसके साथ ही भीड़ में से एक और आदमी भी साथ में बैठ गया और कार हॉस्पिटल की ओर चल दी।

"मार्ग में उसने माधव से पूछा कि क्या उसके पास कोई फ़ोन या फ़ोन नंबर है, जिससे घर वालों को पता कर दें।

घर में तो किसी के पास फ़ोन था नहीं। पड़ोस में भी यदि किसी के पास था तो उसका नंबर माधव को पता नहीं था। हाँ ! मामा का नंबर उसे मालूम था, वो उसने कार वाले को बता दिया।

कार वाले ने माधव के मामा को फ़ोन कर के सारी स्थिति के बारे में बता दिया और उन्हें भी हॉस्पिटल पहुँचने के लिए कहा।

वहाँ से हॉस्पिटल तक पहुँचने में उन्हें लगभग पैंतालीस मिनट्स लग गए। तब तक माधव के मामा और लोग भी हॉस्पिटल में पहुंच गए थे।

उन्होंने पर्ची वगैरह पहले से ही बनवा ली थी। माधव के कार से वहाँ पहुंचते ही उसे स्ट्रेचर पर डाल कर इमरजेंसी में ले जाया गया। तुरंत ही उसका 'एक्सरे' किया गया। रिपोर्ट देख कर डॉक्टर्स ने कहा इस का MIR भी करना पडेगा, लगता है 'स्पाइनल कार्ड' में भी कुछ चोट आई है। इसका पता MIR की रिपोर्ट देखने केपश्चात ही चलेगा। MIR की रिपोर्ट आने तक कार वाला भी उनके साथ ही रहा। रिपोर्ट देख कर डॉक्टर्स ने कहा इसके स्पाइनल के 'L-!' थोड़ा कंप्रेस हो गया है। इसके दो ही इलाज़ हैं, या तो ऑपरेशन किया जाए या फिर दो तीन माह की कम्पलीट 'बेड रेस्ट' की जाए। वैसे ऑपरेट करने से 'बेड रेस्ट' अधिक अच्छा रहेगा। इसके अतिरिक्त अन्य कोई उपाय नहीं था।

फिर भी बेहोश होने से पहले माधव ने डॉक्टर और पुलिस वालों को बता दिया था कि कैसे एक्सीडेंट हुआ था और कार वाले कैसे सहदयता का परिचय देते हुए उसकी सहायता की थी। ऐसा ही ध्यान साथ आये हुए युवक का भी था। अत: कार वाले को धन्यवाद दिया।

उसने माधव के मामा से किसी भी प्रकार की सहायता की आवश्यकता होने पर बताने के लिए कहा और फिर उनसे अनुमति लेकर वापस आ गया।

माधव का इलाज़ आरम्भ हो गया था। माधव के मामा केदारनाथ की अच्छी जान पहचान थी, समाज में भी और राजनीतिक क्षेत्र में भी। इसलिए उनके कारण से भी डॉक्टर्स माधव का विशेष ध्यान रख रहे

थे। डॉक्टरों ने माधव के विषय में यह भी कहा था की उसे दो तीन माह की तो कंप्लीट 'बेड रेस्ट' चाहिए और अभी कम से कम पंद्रह बीस दिन तो उसे डॉक्टर की देखरेख में हॉस्पिटल ही रहने का सुझाव दिया गया।

(11)

राधिका बहुत परेशान व चिन्तित थी। समझ में नहीं आ रहा था कि आखिर इसका कारण क्या है? माधव को मोबाइल गिफ्ट देते समय उसे अपना नम्बर भी दिया था और सन्देश भी लिखा था कि जैसे ही वह मोबाइल में सिम डाले, दिए हुए नंबर पर अवशय ही फ़ोन करे, लेकिन उसने ध्यान ही नहीं दिया। मालूम नहीं क्या बात है। नहीं तो वह फ़ोन अवश्य ही करता। बहुत देर से वह देहली भी नहीं आया। घर में सब ठीक ठाक से होना चाहिए। हालांकि एक दो बार शशिबाला से भी उसने इस सन्दर्भ में बात की थी। उसे भी कुछ नहीं मालूम था।

शशि बाला ने अपने पापा से भी एक दो बार उसके विषय में पूछा था कि बहुत दिनों से माधव भैया नहीं दिखाई दिए। आज कल वह बाहर से ही वापस चले जाते हैं या इतने दिनों से देहली आए ही नहीं।

उसके पापा ने भी इस विषय में अनभिज्ञता ही प्रकट की थी। 'हो सकता है कोई काम वगैरह हो उसे घर में या कोई शादी वगैरह हो उसके भाई बहन में से किसी की। मैंने भी केदारनाथ जी से कोई पूछा नहीं, ना ही उन्होंने स्वयं ही कुछ बताया। उनकी स्वयं का भी स्वास्थ्य कुछ ठीक नहीं रहता। जम्मू से ही वो ऑर्डर भेज देते हैं आजकल।'

इससे अधिक राधिका को कुछ भी ज्ञात नहीं ही सका था। इधर उसे स्वयं भी ना जाने क्या हो गया था। माधव उसे बहुत अच्छा लगता था। पहले ही दिन से जब वह उसे मिला था तो अपनी सादगी और मधुर व्यवहार से वह बहुत अच्छा लगने लगा था। हालांकि एक प्रकार से यह भी कहा जा सकता है की पहले भेंट में ही वह उसे अपना दिल दे

बैठी थी, किन्तु जिस दिन उसने रक्तदान किया था, उस दिन से तो उसे बहुत ही चाहने लगी थी।

उसे अपने भीतर दौड़ते हुए रक्त से हर पल ऐसा आभास होता, मानों वह उसके भीतर ही समाया हुआ है। ना जाने क्यों थी उसकी ऐसी अवस्था ! यहां पर सैकड़ों लोग अपना रक्त दान देते हैं, कुछ परिचित एवं कुछ अपरिचित भी। किन्तु कभी भी किसी परिचित द्वारा दान दिए जाने पर दूसरे को ऐसा आभास शायद ही हुआ होगा। फिर उसके साथ ही क्यों है ऐसा ? उसकी समझ में कुछ भी नहीं आता।

शायद इसे ही प्यार कहते हैं, जो पहली ही दृष्टि में किसी से भी हो जाता है। ना यह ऊंच नीच देखता है ना जातपात। राधिका के साथ तो सबसे बड़ी बात यह थी कि उसके प्यार के विषय में उसके स्वयं के अतिरिक्त अन्य कोई भी नहीं जानता था। उसकी प्यारी सहेली शशीबाला की तो बात ही दूर यहां तक कि माधव भी नहीं जानता था। यह तो राधिका का एक प्रकार से एकतरफा प्यार ही था।

इसलिए राधिका का जो भी था, दुःख, तड़प, विरह वो सब राधिका का ही था और उसे स्वयं को ही सहना भी था। सबसे बड़ी चिंता की तो एक बात और भी थी कि स्वयं उसके माता पिता भी इस सम्बन्ध को मान्यता देंगे अथवा नहीं।

एक दिन बहुत सोच विचार करने के पश्चात राधिका ने अपने दिल की बात शशीबाला से सांझा करने का निर्णय लिया और फिर दूसरे ही दिन वह शशीबाला के घर पर चली गई। बहुत समय तक दोनों सहेलियां इधर उधर की बातें करती रहीं किन्तु राधिका को साहस नहीं हो रहा था अपने मन की स्थिति शशीबाला से बताने की। फिर बताना तो था ही। इसलिए ही तो वह उसके पास आई थी। उसने साहस संजोया और उसे अपने दिल की सारी बात बता दी।

सुनकर शशि बाला को कोई अधिक आश्चर्य नहीं हुआ, "मुझे पहले से ही मालूम था, लेकिन मैं देख रही थी की तुम भी मुझे बताती हो या नहीं।"

"तुम्हें नहीं बताऊंगी तो और किसको बताउंगी। लेकिन जब मुझे लगने लगा कि मुझे वास्तव में ही उससे प्यार हो गया है। तब बता दिया। जो मुझे अब आभास हो रहा है वैसा पहले कभी हुआ ही नहीं था तो तुम्हें बताती क्या?"

"तुम चाहे ना भी बताती, लेकिन मैंने तुम्हारी आँखों में उसके प्रति उमड़ आये प्यार को आरम्भ से भांप लिया था।" शशी बाला ने शरारत भरी मुस्कान से राधिका चिकोटी काटते हुए कहा।

"उई !" शशि बाला की चिकोटी काटने से राधिका के मुंह से निकल गया।

"अच्छा ! अब यह बता, मैं तेरी क्या सहायता कर सकती हूँ ?" शशीबाला ने राधिका के पास खिसकते हुए कहा।

"सबसे पहले तो हमें यह पता करना है कि माधव ठीक से तो है, इतने दिनों से वह देहली आया क्यों नहीं। उसकेपश्चात हमें उसके दिल की बात जाननी है। मुझे पूर्ण विश्वास है कि वह भी मुझे उतना ही चाहता है जितना मैं उसे चाहती हूँ। मेरे दिल की धड़कन यूँ ही नहीं उसके लिए धड़कती। उसके पश्चात मैं अपनी मम्मी और डैडी से बात करुंगी।

आखिर तू मेरी सहेली है। तुम मुझे नहीं समझोगी और मेरी सहायता नहीं करोगी तो और कौन करेगा।" कुछ क्षण रुककर राधिका ने फिर कहा।

"ठीक है, ठीक है। अब मस्का मत लगा मुझे। मैं देखती हूं कि कैसे मैं तुम्हारी प्यार की नाव को पार लगा सकती हूँ।"

"आ अब बाहर चल कर टहलते हैं। बाहर बहुत अच्छा और सुहावना मौसम है। अब बाक़ी बातें बाहिर चल कर करते हैं।" कहते हुए शशीबाला ने राधिका का हाथ पकड़ा और उसे खींचते हुए अपने साथ बाहिर ले आई।

बाहिर सच में ही बहुत ही सुहावना मौसम था। ठंडी ठंडी हवा बह रही थी। बाहिर आकर दोनों सहेलियां लॉन में घास पर बैठ गईं। इतने में सहसा ही उनकी दृष्टि सामने से आते हुए संजय पर पड़ गई।

"भैया !" संजय को सामने से आते देख कर शशि बाला ने पुकारा।

"आज बहुत दिनों के पश्चात इस जोड़ी को इकट्ठा देखा रहा हूँ। सब ठीक से है न ?" संजय ने पास आते हुए पूछा, "तुम कैसी हो राधिका बहन !"

"सब ठीक से है भैया !" शशीबाला ने कहा।

"मैं भी ठीक हूँ संजय भैया !" राधिका ने भी उत्तर दिया।

"संजय भैया ! बहुत देर से माधव भैया नहीं दिखाई दिए, अब वह देहली नहीं आते।" शशीबाला ने पूछा।

"मालूम नहीं। बहुत ही दिन हो गए हैं उसे भी आये हुए। नहीं तो एक डेढ़ महीने में उसका एक चक्कर देहली लग ही जाया करता था।"

"वही हम भी सोच रहे थे कि पहले तो वह दुकान पर आते जाते रहते थे और कभी कभार हमारे घर भी आ जाया करते थे। अब बहुत दिनों से नहीं न आये तो कहीं कोई बात ना हो। भगवान करे सब ठीक से ही हो उनके घर में।" शशीबाला ने कहा।

"हाँ ! वो तो है।" इतना कह कर संजय वहाँ से चला गया। दोनों सहेलियां वहाँ बैठी बहुत देर तक आपस में बातें करती रहीं।

(12)

अब राधिका, शशि बाला उन्हें क्या मालूम था कि माधव किस परिस्थिति में है अथवा उसके साथ नियति किस प्रकार का खेल, खेल चुकी है। इसे ही तो कहते हैं नियति का खेल।

माधव अब असहाय सा हो गया था। हालांकि मामा के घर पर उसे किसी भी प्रकार की कोई चिंता असुविधा नहीं थी किन्तु इसके उपरांत भी जब मनुष्य असहाय अवस्था में बिस्तर पर पड़ा हुआ हो तो उसकी अवस्था का अनुमान लगाया ही जा सकता है।

माधव को गांव में उसके घर तो ले नहीं जाया जा सकता था। माधव को अभी लगभग पंद्रह दिन हॉस्पिटल में ही रहना था डॉक्टरों की देखरेख में, और उसके पश्चात ही उसे सावधानी पूर्वक घर में ले जाया जा सकता था। वहाँ उसे हर प्रकार की सहायता उपलब्ध कराई थी।

इसलिए मामा के घर में ही उसकी सारी देखभाल हो रही थी। गांव में थोड़ी सी भी समस्या होने पर कठिनाई और भी बढ़ सकती थी। इसलिए यहां पर ही रहना विवशता भी था और आवश्यकता भी।

माधव के माता पिता और बहनों को जब उसके एक्सीडेंट के होने का पता चला तो परिवार का घबरा जाना स्वाभाविक ही था। मां ने रोने लगी। उसे रोता देखा कर अनुराधा और रत्नो भी रोने लगीं। किसी प्रकार कठिनाई से माधव के बाप विष्णु ने उन सभी को सांत्वना देते हुए चुप कराया और वो सभी मामा के घर पर जाने के लिए निकल पड़े।

इसलिए वो सभी सीधा हॉस्पिटल में ही आ गए थे। वहाँ जब

उन्होंने माधव को असहाय अवस्था में देखा तो एक बार के लिए वो भी फिर से रोने लगे। लेकिन अब रोने से तो कोई लाभ होने वाला नहीं था और ना ही इस से समस्या को कोई समाधान ही होने वाला था। परिस्थिति से ही समझौता कर इसे ही सहन करना था।

माधव की मां और अनुराधा तो हॉस्पिटल में माधव के पास ही रह रही थीं। बीच बीच में कभी थोड़ी देर के लिए वह अपने भाई और माधव के मामा के घर भी हो आती थीं। इसी प्रकार मिलजुल कर ही वो एक दूसरे का साथ निभा रहे थे।

पंद्रह दिन भी निकल गए। हालांकि अभी माधव को बहुत कम ही सुधार हुआ था किन्तु फिर भी डॉक्टर की अनुमति से सावधानीपूर्वक उसे घर लाया जा सकता था और वहाँ पर ही उसकी पूरी तरह से देखभाल की जा सकती थी।

माधव के माता पिता तो उसे गांव लाना चाहते थे किन्तु सारी परिस्थिति उनके सामने ही थी। इसलिए वो चाहते हुए भी कुछ नहीं कर सकते थे। माधव के पिता गांव में वापस आ गए थे, क्यूंकि उन्हें वहाँ घर का और मवेशियों का भी ध्यान रखना था। हाँ, जब भी समय मिलता वह केदारनाथ के पास आ जाते थे और हालचाल पूछ कर वापस चले जाया करते थे। माधव की मां, अनुराधा और रत्नों मामा माधव के पास ही रह रहे थे।

अनुराधा एक क्षण भी भैया को अकेला नहीं छोड़ती थी। वैसे तो घर का काम काज करने के लिए घर में एक नौकर और दो नौकरानी भी थीं, फिर भी अनुराधा घर में सभी सदस्यों का पूरा पूरा ध्यान रखती थी।

"अनु!" माधव अनुराधा को अनु कह कर बुलाया करता था,

"मैंने तुम दोनों के लिए मोबाइल लाने का वादा किया था, लेकिन नहीं ला सका।" कहते हुए माधव की आंखें भर आईं।

"नहीं भैया ! मुझे नहीं चाहिए मोबाइल। बस ! आप एक बार ठीक हो जाओ।"अनुराधा ने भी भावुक हो कर माधव का हाथ पकड़ लिया।

"लेकिन जैसे ही मैं ठीक हो जाऊंगा, अपना वायदा अपनी दोनों बहनों से अवश्य ही निभाऊंगा।"

"फिर वही बात ! मैंने कहा ना हमें कुछ नहीं चाहिए। बस हमें तंदुरुस्त अपना भैया चाहिए। आप ठीक हो जाओगे तो समझ लो कि हमें सब कुछ मिल गया।"

'शीघ्र ही ठीक हो जाएंगे तुम्हारे भैया बेटा ! तुम क्यों घबाराती हो। माता रानी हमारे साथ हैं। देखो ना माता रानी ने फिर भी बचाया ही तो है। यदि थोड़ी सी भी अधिक चोट आ जाती तो? धैर्य रखो हमारा माधव बेटा बहुत शीघ्र ठीक हो जाएगा।" मम्मी ने कमरे के भीतर प्रवेश करते हुए उनकी बातें सुनकर कहा।

सभी एक दूसरे को ढांढस बांधते थे और इसी प्रकार से समय व्यतीत होता जा रहा था। कोई नहीं जानता था की आने वाले समय में अभी और क्या होने वाला है।

अनुराधा और माधव भाई बहन अकेले होते तो आद्रिका की बातें भी किया करते थे। माधव के लिए एक मात्र अनुराधा ही तो थी जिसके साथ वह अपने दिल की बात कर लिया करता था। कोई दूसरा तो था नहीं। वैसे भी जब मनुष्य अकेला या असहाय अवस्था में होता है तो कोई तो उसे चाहिए ही होता है जो उसके दिल के दुख दर्द को, उसकी भावनाओं को समझ सके, कोई भी मित्र या सम्बन्धी। माधव

की इस अवस्था में उसकी बहन के अतिरिक्त दूसरा कोई सहायक हो भी तो नहीं सकता था।

इस मध्य अनुराधा चार पांच बार, एक एक, दो दो दिन के लिए भी गई थी और उसने प्रयास भी किया था आद्रिका से मिलने का किन्तु फिर भी उससे मुलाक़ात नहीं हो सकी।

सबसे बड़ी और दुविधा की बात तो यह थी की अनुराधा या माधव आद्रिका के विषय में अपने माता पिता से कोई भी बात नहीं कर सके थे। उधर अद्रिका जब पिछली बार उससे मिली थी तो उसने बताया भी था की जब से उसने अपनी स्कूल की पढ़ाई समाप्त कर ली है, तब से उसके माता पिता उसकी शादी की बात करने लगे हैं, और कई स्थानों पर तो उसकी सगाई की बात चलाने का प्रयास भी कर रहे हैं।

ऐसे में उन्हें कहीं पर भी अपनी पसंद अनुसार हाँ कर दी तो मुझे ना चाहते हुए भी उनकी इच्छा के आगे झुकना ही पड़ेगा। मैं चाहती हूँ कि किसी भी तरह उनके समक्ष माधव का प्रस्ताव पहुँच जाना चाहिए। इसके लिए आप से जो भी हो सकता है दीदी करो। इसमें आप ही हमारी सहायता कर सकती हो।

अनुराधा ने आद्रिका के मन की सारी व्यथा सुनी थी और उसे आश्वासन भी दिया था कि वह उन दोनों की यथासंभव हर प्रकार की सहायता करेगी। किन्तु वह किसी भी अवस्था में माधव की इस समय की स्थिति के विषय में आद्रिका को कुछ भी नहीं बता सकती थी और ना ही वह उसे बताना ही चाहती थी। ऐसा किसी भी परिस्थिति में अच्छा नहीं हो सकता था।

इस सब से बड़ी बात यह भी थी कि माधव की ऐसी अवस्था में आद्रिका के घर वालों से इस सम्बन्ध में बात भी नहीं की जा सकती

थी। हां ! तो फिर इस अवस्था में किया भी जाए तो क्या किया जाए। अनुराधा की कुछ भी समझ में नहीं आ रहा था।

यह सब बातें सोचते हुए अनुराधा अकेली ही चिंतित थे। माधव से तो ऐसी बातें करके उसे अधिक परेशान किया नहीं जा सकता था। समझ में नहीं आ रहा था भी किया भी जाए तो क्या किया जाए।

नियति समय के साथ मिलकर मंथर गति से अपना खेल, खेल रही थी। माधव को बिस्तर पर पड़े हुए लगभग दो माह का समय व्यतीत हो चुका था। अब तक उसके स्वास्थय में पूरी तरह से तो सुधार नहीं आया था किन्तु अब वो बिस्तर से उठने योग्य हो गया था और थोड़ा बहुत पंद्रह बीस मिनट्स तक चल फिर भी सकता था। इससे परिवार सदस्यों को तथा माधव को भी पूर्व अवस्था में आ जाने की आशा हो गयी थी।

इसके पश्चात अनुराधा जब गांव आई तो उसने मन ही मन में आद्रिका से मिलाकर उससे भी इस सम्बन्ध में बात करने का निस्चय किया था और उसके पश्चात कम से कम अपने माता पिता से भी बात करनी थी ताकि आद्रिका के माता पिता से भी बात होती और वो थोड़ी प्रतीक्षा करते। किन्तु परिस्थितिवश ऐसा संभव नहीं हो सका।

उन्हीं दिनों दुनिया में एक बहुत बड़ी आपदा का आक्रमण हो गया। यह आपदा भारत के पड़ोसी देश चीन से उभरी थी और देखते ही देखते सारी दुनिया को इसने COVID-19 के रूप में अपने शिकंजे में ले लिया। जिससे लोग बीमार होकर मौत के मुंह में जाने लगे। यह एक ऐसी विपदा थी जिस का सामना करने के लिए दुनिया अभी तैयार नहीं थी।

सारी दुनिया में तबाही का मंजर कुछ इस प्रकार से व्याप्त हो गया था कि इससे कोई भी देश अछूता नहीं रह गया था। यह एक प्रकार की

छूत की बीमारी थी और एक दूसरे के संपर्क में आने के साथ साथ ही हर प्रकार की संक्रमित वस्तु के साथ संपर्क में आने से भी दोगुनी गति से बढ़ती जा रही थी दिन व दिन बीमारों तथा मृतकों की संख्या बढ़ती जा रही थी। यह प्रकोप कुछ इस प्रकार का था कि कई देशों में तो मृतकों के अंतिम संस्कार करने का भी संकट पैदा हो गया था। इससे कई देशों के साथ आवागमन का संपर्क भी बाधित हो गए। हर प्रकार के आने जाने के साधनों पर रोक लगा दी गई। जिसका प्रभाव भारत पर भी व्यापक रूप से हुआ।

भारत में भी पूरी तरह से प्रादेशिक संपर्क आपस में कट से गए। २५ मार्च २०२० को २१ दिन के लिए सम्पूर्ण भारत बंद की घोषणा कर दी गई। लोगों का घरों में से निकलना बंद हो गया। परिवहन का आवागमन बंद हो गया। स्कूल कॉलेज दफ्तर सब बंद हो गए। बाज़ार बंद हो गए। लोग एक प्रकार से घरों में ही बंद होकर रह गए।

स्थिति एक प्रकार से अनियंत्रित होती जा रही प्रतीत हो रही थी। जिसे देश के प्रधानमंत्री ने अपनी सूझबूझ देशवासियों के सहयोग से पूर्ण नियंत्रण में लेने में सफलता प्राप्त कर ली। इसके लिए भारत बंद की देश व्यापी काल को कई बार बढ़ाना पड़ा। इस व्यवस्था को पूर्ण नियंत्रण में लाने के लिए २१ मई २०२० तक भारत बंद लगा रहा।

इस प्रकोप के इस प्रकार प्रभावी होने का एक कारण यह भी था की भारत बंद किए जाने जैसी सावधानी से पूर्व ही लोगों की लापरवाही से यह बीमारी इस प्रकार से अपना प्रभाव बना चुकी थी की लोग इसके भयावह परिणाम से अपनों को खोते जा रहे थे।

इसी का शिकार माधव का परिवार भी हो चुका था। किन्तु इसके साथ ही माधव के परिवार पर एक ओर विपत्ती का पहाड़ टूट पड़ा। इस बार जब अनुराधा गांव आई तो मार्ग में ही मेटाडोर में यात्रा के मध्य

उसे कोरोना का संक्रमण हो गया। घर पहुंचने तक इस के आसार स्पष्ट दिखाई देने लगे। अब इतनी जागरूकता तो वहां पर भी आ गई थी। उसे तुरंत ही परिवार से अलग ही दूसरे कमरे में रखा गया और पूर्ण रूप से उसके संपर्क से बचने का ध्यान रखा जाने लगा।

फिर भी इतना ध्यान रखने के उपरांत भी उसके बाप को भी कोरोना हो ही गया।इससे परिवार में कठिनाई और भी अधिक बढ़ गई। अब दोनों बाप बेटी के लिए सभी प्रबंध अलग से करने पड़ रहे थे।

अब उनके लिए घर में दवाई लाने के लिए भी अनुराधा की मम्मी ही थी या फिर उसकी छोटी बहन रत्नों। अब रत्नों को तो ऐसे वातावरण में घर से बाहर भेजा नहीं जा सकता था। इसलिए अब उसकी मम्मी के ऊपर ही आ गयी थी सारी जिम्मेवारी। दवाई लाने की और उन सभी की देखभाल की भी।

परिस्थितियां कुछ ऐसी थी कि ऐसे समय में उनका भी घर से बाहर निकलना बहुत कठिन था। जब भी बाहर निकलना मास्क पहन कर और फिर किसी से भी, यहां तक की किसी भी वस्तु से भी संपर्क होने से बचाव का ध्यान रखना। किन्तु किया भी क्या जा सकता था !

(13)

आठ माह से भी अधिक हो चुका था। माधव के विषय में राधिका को किसी भी प्रकार का कोई भी समाचार नहीं मिल पाया था। शशीबाला को और संजय को भी इस सम्बन्ध में कुछ भी ज्ञात नहीं था।

राधिका ने कई बार शशीबाला से संपर्क कर के माधव के विषय में जानने का प्रयास किया किन्तु इसमें भी उसे कोई सफलता नहीं मिली थी। एक तो कोरोना के कारण सम्पूर्ण भारत बंद कर दिया गया था। सारा राष्ट्रीय एवं अंतर्राष्ट्रीय परिवहन बाधित हो गया था। कारोबार भी ठप्प हो गया था और और संपर्क का भी मोबाइल या फ़ोन के अतिरिक्त कोई साधन नहीं रह गया था।

उस पर माधव से सीधा संपर्क होना तो और भी कठिन था। उसके पास तो माधव का कोई मोबाइल नंबर भी नहीं था। फिर उसके मोबाइल के होते हुए भी उसने फोन क्यों नहीं किया ! मोबाइल तो स्वयं उसने ही माधव को भेंट किया था। उसके साथ ही एक स्टीकर पर अपना मोबाइल नंबर लिख कर उस से कहा भी था कि फ़ोन में 'सिम' डालते ही वह सब से पहला फ़ोन इस नंबर पर ही करे। फिर उसने ऐसा क्यों नहीं किया !

राधिका की समझ में कुछ भी नहीं आ रहा था कि माधव ने ऐसा क्यों किया। शशि बाला भी इस सम्बन्ध में असहाय सी ही थी। उसके पास भी माधव से सम्पर्क कर पाने का कोई साधन नहीं था।

समय अपनी गति से पंख लगाए उड़ता जा रहा था। एक दिन राधिका ने शशीबाला से फ़ोन पर कहा, "शिशु ! कल डैडी मम्मी से

बात कर रहे थे कि उनका एक मित्र है। वह चीफ इंजीनियर है। उसका एक बेटा है जो पायलट अफसर है। क्यों ना उससे मेरी शादी कर दी जाए।" कहते कहते राधिका सिसकने लगी, "अब तुम ही बताओ मैं करूँ भी तो क्या करूँ ? मैं माधव के बिना नहीं रह सकती। हर समय मुझे यही लगता है कि जैसे वह मेरे अंग संग ही है। मेरे भीतर ही समाया हुआ है।"

"तुम जो भी कह रही हो, ऐसी परिस्थिति में मेरी भी समझ में कुछ नहीं आ रहा की मैं भी तुम्हारी क्या सहायता करूं।" कुछ क्षण दोनो ओर चुप्पी ही छाई रही, फिर सहसा ही शशीबाला ने कहा, 'एक बात है राधा ! सोच रही हूं कि इस विषय में शायद संजय भैया हमारी कुछ सहायता कर पाएं। तुम यदि अनुमति दो तो मैं उनसे बात करूं ? हां, यदि उन से बात करें तो फिर उन से भी खुल कर ही बात करनी होगी। उन्हें सब कुछ बताना पड़ेगा, तुम्हारे प्यार के बारे में भी। यही एक उपाय मेरी समझ में आ रहा है।"

प्रतिउत्तर मे थोड़ी देर चुप रहने केपश्चात राधिका ने ही कहा,"जैसा तुम्हें अच्छा लगे वैसा करो। मेरा तो इस सम्बन्ध में दिमाग ही कोई काम नहीं कर रहा।"

दूसरे दिन ही शशीबाला ने संजय को राधिका के माधव के प्रति एक तरफा प्यार के विषय में सब कुछ स्पष्ट बता दिया और उससे इस विषय में सहायता करने का अनुरोध किया कि किसी भी तरह से माधव के विषय में पता लगाए। यह इतने दिनों से देहली क्यों नहीं आया। वह ठीक से है और उसके घर में भी सब ठीक से है।

संजय ने शशीबाला की सारी बात ध्यानपूर्वक सुनी और शीघ्र ही इस विषय में पता करने का वादा किया।

उसकेपश्चात संजय ने अपने डैडी से माधव के मामा केदारनाथ का नम्बर हासिल किया और उनका नंबर मिलाया। काल तुरंत ही मिल गई। दूसरी ओर से 'हैलो' का स्वर सुनाई देते ही संजय ने उन्हें अपना परिचय दिया। कुछ देर तक इधर उधर की बातें करने के पश्चात वह व्यापार सम्बन्धी बातें करने लगा। फिर धीरे धीरे वह अपने मतलब की बात पर आ गया और उसने माधव के सम्बन्ध में भी पूछ लिया।

जैसे ही केदारनाथ ने संजय को माधव के विषय में बताया तो सुनते ही संजय सकते में आ गया। उसे भाधव के इतने दिनों से देहली ना आ पाने का पता चल गया कि वह तो चार पांच माह से पूर्णतया बेड रेस्ट पर ही था और अब उसे थोड़ा आराम है। इसके साथ ही संजय को इस बात का भी पता चला की इस मध्य ही कोरोना के कारण ही माधव की बहन अनुराधा की मौत भी हो गई थी। वह तो बेचारा परिस्थिति का मारा अपनी बहन के संस्कार एवं क्रिया कर्म पर भी नहीं जा सका था और ना ही उसका चेहरा ही देख पाया था।

जब यह समाचार संजय ने अपनी बहन शशीबाला को सुनाया तो उसे भी इस बात का एक सदमा सा ही लगा। किन्तु कोई भी इसमें कर भी क्या सकता था। अब यह बात राधिका को बताना शशीबाला को उचित नहीं लगा। उसकी दिवानगी जैसी चाहत की अवस्था में उसे एक गहरा सदमा लग सकता था। इसलिए उसने यह बात राधिका से छुपाए ही रखने का निर्णय लिया और उसे बताया कि संजय भैया को सारी बात बता देने और बहुत प्रयास करने पर भी माधव के विषय में कुछ भी ज्ञात नहीं हो सका।

सुन कर राधिका बहुत निराश हो गयी। प्यार भी कमबख़्त कैसी शह है, अच्छा भला मानुष होता है उसे दीवाना बना देता है।

राधिका को कुछ भी समझ नहीं आ रहा था कि वह क्या करे। उसकी ऐसी अवस्था हो गई थी अब कि ना ही तो खुल कर हंस पा रही थी और ना ही रो पा रही थी।

7

(14)

माधव बुरी तरह से टूट गया था। अपनी वर्तमान परिस्थिति के अनुसार आद्रिका से तो बात कर पाना तो संभव था ही नहीं, कभी कभार जो अनुराधा के माध्यम से उसके बारे में बात हो जाती उस से ही उसे कुछ तो सुकून मिल जाया करता था, किन्तु अब उसकी प्यारी बहन के खो जाने से यह भी संभव नहीं रहा।

अपनी प्यारी बहन के खो जाने से वो दुखी तो था ही, अंतिम समय पर उसका चेहरा भी ना देख पाने से वह बहुत ही दुखी हो गया था। ऐसे में आद्रिका का प्यार उसे सहारा हो सकता था किन्तु वो भी एक तरह से खो ही गया प्रतीत हो रहा था।

अब वह तो कई माह तक भी चल कर अपने गांव नहीं जा सकता था। यहां भी चलने फिरने में समर्थ हो जाए तो यह भी बहुत था। उस के चलने फिरने में पूरी तरह से समर्थ होने में बहुत समय लग सकता था। ऐसे में वह अपनी आद्रिका से संपर्क भी साधता तो कैसे। कोई ऐसा मित्र सम्बन्धी भी नहीं था जिससे वह सारी बात बता कर उसकी सहायता लेता।

कहते भी हैं न कि जब कुछ भी समझ में नहीं आये या अपने वश में कुछ भी ना रहे तो एक मात्र भगवान ही सहारा रह जाता है और तब सभी कुछ उस पर ही छोड़ देना चाहिए।

ऐसा ही शायद आद्रिका ने भी सोच लिया था। बहुत दिन पहले अनुराधा मिली थी। कुछ बातें हुई थीं दिल खोल कर। उसको सारी बातें की भी थीं कि उसके घर वाले उसकी सगाई की बात कर रहे हैं और इसके लिए अच्छे सम्बन्ध की तलाश में भी हैं।

अनुराधा भी यह सुनकर चिंतित हो गई थी और उसने ढांढस देते हुए कहा भी था कि वह शीघ्र ही इस बारे में अपने घर बात करके अपने घर वालों को उसके घर भेजेगी, किन्तु ऐसा कुछ होता उससे पहले ही अनुराधा को कोरोना हो गया और उसकी मौत हो गयी। अब वो सहारा भी ले तो किसका ? बात भी करे तो किससे ? माधव तो जैसे उसे भूल ही गया था। ना जाने उसके मन में क्या है ? उसने भी कहा था कि इस बार वह शीघ्र ही आएगा ? खैर वह भी बेचारा आता भी तो कैसे ? यह कोरोना ही आ गया और इससे कहीं भी आने जाने में कर्फ्यू सा ही लग गया।

अब उसे भी लगने लगा था कि माधव के साथ उसका मिलन कभी भी सम्भव नहीं हो पाएगा। माधव सदैव के लिए ही उस से बिछुड जाएगा। अब ना जाने उसके माता पिता उसे किसके साथ बांध दें सदा सदा के लिए। किन्तु वह असहाय सी कर भी क्या सकती थी। उसे माधव के विषय में कुछ भी तो नहीं पता था। वह कहां है, किस हाल में है? क्यूं वह उस से मिला नहीं? क्या उसके ना मिल पाने का कारण कोरोना ही था या कुछ ओर। कुछ भी तो मालूम नहीं था उसे। वह इसी उधेड़बुन में ही थी कि एक दिन उसके पिता ने मानों उसके सम्मुख धमाका सा ही कर दिया। उन्होंने उसे बताया कि दरिया पार के गांव से ही उसकी सगाई का एक प्रस्ताव आया था। प्रस्ताव भी स्वयं लडके वालों की तरफ से ही था। लड़का वन विभाग में गार्ड नियुक्त था। लडका सुन्दर था। उस पर उसकी सरकारी नौकरी भी थी। जिसे स्वयं आद्रिका के पिता ने भी देखा हुआ था। इसलिए वो चाहते थे कि शीघ्र ही यह सम्बन्ध पक्का हो जाए। क्या पता कल को उनके समक्ष कोई दूसरा ही प्रस्ताव आ जाए तो कहीं उनके हाथ में आया हुआ इतना सुन्दर अवसर निकल ना जाए।

ऐसा ही कुछ माधव भी सोच रहा था। आद्रिका से उसका किसी भी प्रकार से कोई भी संबंध हो पाने की संभावना उसे नहीं लग रही थी। उसे भी ऐसा ही लग रहा था कि कहीं आद्रिका के घर वाले उसकी शादी कहीं और ही ना कर दें। कर भी देंगे तो इसमें उनका कोई दोष नहीं हो सकता था। जब उनके पास माधव के परिवार की ओर से कोई प्रस्ताव ही नहीं पहुंचे और आद्रिका भी उन्हें कुछ नहीं बताएगी तो उन्हें कैसे पता चलेगा की वो दोनों एक दूसरे को चाहते है और जीवन भर के लिए शादी के बंधन में बंध कर एक हो जाना चाहते हैं।

काश ! कोई ऐसा उपाय हो जाए जिस से वो दोनों एक ही बंधन में बंध जाएं। आद्रिका के परिवार को उनके प्यार के विषय में पता चल जाए और वो उसके पूर्णतया ठीक होने तक प्रतीक्षा कर लें। किन्तु इस बात की कोई भी संभावना नहीं दिख रही थी।

एक बार आद्रिका से ही किसी भी माध्यम से किसी प्रकार से कोई सम्बन्ध स्थापित हो जाता तो फिर वो दोनों मिलकर इस समस्या का कोई ना कोई उपाय निकाल ही लेते। लेकिन अनुराधा के असमय ही चले जाने से हर प्रकार की आशा ही धूमिल हो गई थी।

(15)

एक वर्ष से अधिक का समय व्यतीत हो गया था। अब तक माधव के स्वास्थ्य में बहुत सुधार हो चुका था और चल फिर भी सकता था। अब वह मामा के साथ दुकान पर भी जाने और काम में उनका हाथ बंटाने लगा था।

किन्तु चाहते हुए भी अभी वह अपने गांव नहीं जा सका था। यूँ तो डॉक्टरों ने उसे चलने फिरने की अनुमति दे दी थी, किन्तु अभी उन्होंने इसे अपने गांव या ऊबड़-खाबड़ मार्ग पर चलने से बचने के लिए ही कहा था। कहीं ऐसा ना हो कि थोड़ी सी भी लापरवाही करने से स्थिति फिर यथा की तथा ही हो जाए। फिर से ऐसी स्थिति उत्पन्न हो जाने पर कठिनाई हो सकती थी।उसके माता पिता ही समयानुसार आकर उससे आकर आकर मिल जाया करते थे।

इस मध्य उसकी आंतरिक उलझन एवं व्यथा को स्वयं माधव के अतिरिक्त और कौन समझ सकता था। वह भाई जो अपनी बहन के अंतिम समय पर उसका चेहरा भी ना देख सका हो। वह प्रेमी जिसके प्यार के खो जाने का अंदेशा हो फिर भी वह अपनी प्रेमिका से मिलने के लिए तड़पने के अतिरिक्त कुछ भी ना कर सकता हो।

इस मध्य माधव ने अपने उस मोबाइल में सिम भी डलवा लिया था जो उसे राधिका ने भेंट किया था। किन्तु, दुर्भाग्यवश चाहते हुए भी वह उसके निर्देशानुसार फ़ोन नंबर पर फ़ोन नहीं कर सका था। करता भी कैसे ? जो नंबर राधिका ने उसे स्टीकर पर दिया था, उसे तो वह आरम्भ में ही खो चुका था।

यहां तक कि उसके पास संजय भैया और शशि बाला बहन के भी नंबर नहीं थे। कोई भी तो उसके संपर्क में नहीं था। इसलिए माधव के लिए यह एक अनसुलझा रहस्य ही बन कर रह गया था कि राधिका ने स्टीकर पर जो भी नंबर लिख कर दिया था, वो नंबर किसका था और राधिका ने उसे क्यों लिख कर दिया था ? क्यों उसे नंबर पर फ़ोन करने के लिए कहा था। वो भी मोबाइल में सिम डालते ही सब से पहले उस नंबर पर ही फ़ोन करने के लिए कहा था।

जैसे जैसे ही माधव इस विषय में सोचता उसकी उलझन और भी बढ़ती जाती थी। कैसी पहेली थी यह, माधव की समझ में नहीं आती थी। वह इसे सुलझा पाने के एक प्रकार से असमर्थ ही हो कर रह गया था।

उसने कई बार अपने मामा से भी गांव जाने की अनुमति मांगी थी, किन्तु उसके मामा उसकी अवस्था से भलीभांति से अवगत थे। वह उसे जाने की अनुमति देते भी तो कैसे।

फिर भी जब माधव की आंतरिक पीड़ा उसके नियंत्रण में न रह सकी तो उसने अपना पूरा पूरा ध्यान रखते हुए गांव जाने की अनुमति ले ही ली। हालांकि उसके मामा उसकी आंतरिक अवस्था को तो पूरी तरह से तो नहीं जानते थे फिर भी कुछ हद तक समझते तो अवश्य ही थे। इसलिए उन्होंने अपने ड्राइवर के साथ एक दिन के लिए माधव को अपने गांव से हो आने की अनुमति दे ही दी। इसके लिए उन्होंने ड्राइवर को और माधव को भी विशेष रूप से धीरे धीरे चलने पर विशेष ध्यान रखने के लिए कहा।

जम्मू से गांव तक का मार्ग तो अच्छा ही था। पूरे मार्ग पर कोलतार बिछा हुआ था। फिर भी यहां वहाँ रोड के टूटा होने के कारण खड्डे बन गए थे, जिस कारण ड्राइवर को कार धीरे धीरे ही चलानी पड़

रही थी, और फिर मुख्य मार्ग से गांव तक का मार्ग तो कुछ अधिक ही खराब था।

उस पर इस मार्ग से कार द्वारा तो गांव तक जाया नहीं जा सकता था, इसलिए कार को मार्ग में ही घर से कुछ दूर माधव के किसी परिचित के घर छोड़ दिया गया और फिर माधव अपने ड्राइवर के साथ रुक रुक कर धीरे धीरे सुस्ताते हुए चल पड़ा। इससे यहां उन्हें घर तक पहुँचने में पंद्रह मिनट का समय लगना था वहा लगभग आधे घंटे से भी अधिक का समय लग गया।

फिर भी जो प्रसन्नता उसके चेहरे पर से झलक रही थी, उसका कोई वर्णन नहीं किया जा सकता था। उसके माता पिता और वह स्वयं भी प्रसन्नता के आवेग से फूट फूट कर रो ही पड़ा। उनके आंसू थम ही नहीं रहे थे। माधव की रुलाई ने तो वैसे भी अपनी बहन की कमी से इतने लम्बे समय से रुका हुआ आवेग का बंध तोड़ दिया था।

थोड़ी देर रो लेने के पश्चात जब मन का आवेग कुछ शांत हुआ तो माधव की माता ने माधव को और उसके साथ आए हुए ड्राइवर को माधव के पिता विष्णु जी के पास बैठाया और स्वयं उनके लिए चाय तैयार करने के लिए रसोईघर में चली गई।

चाय वगैरह पी लेने के पश्चात ड्राइवर ने माधव के माता पिता को बताया कि मामा जी ने माधव को शीघ्र ही वापस आने के लिए कहा है और वह जब मामा जी कहेंगे तो वह फिर आकर माधव को ले जाएगा। फिर उसने उन से वापस जाने की अनुमति मांगी। किन्तु जब माधव के माता ने उसे भोजन कर लेने के पश्चात ही जाने के लिए कहा तो वह मना भी नहीं कर सका। वैसे भी दोपहर तो होने को ही थी।

भोजन कर लेने के पश्चात ड्राइवर ने माधव के माता पिता से भी

उसका विशेष ध्यान रखने के और ऊबड़-खाबड़ स्थान पर ना जाने के लिए कहा और वापस चला आया।

शाम का समय होने को था। माधव का मन बहुत ही विचलित था। एक तो रह रह कर उसे अपनी बहन अनुराधा की याद आ रही थी। भाई बहन का तो उनमें प्यार था ही। बचपन से लेकर अब तक की अनगिनत अमिट यादें, जिन्हें भूल पाना क़तई भी संभव नहीं था। दूसरा अब तो वह उसकी राजदार भी बन गई थी।

इसके साथ साथ ही आद्रिका की मोहिनी सूरत और उस से सम्बंधित यादें। वह अपने प्यार से आद्रिका से मिले भी तो कैसे ? अब तो उसकी समझ में ही नहीं आ रहा था कि वह करे भी तो क्या करे। अपने दिल की कोई भी बात करे भी तो किस से करे।

माधव का मन चाह रहा था की वह दरिया के किनारे चला जाए। वहाँ जाकर उस आम के पेड़ के नीचे बैठ कर अपनी आद्रिका की प्यार भरी यादों में खो जाए और उसकी प्रतीक्षा करे। उसका प्यार उसे खींच कर वहां पर ले ही आयेगा, जहां वो दोनों बैठ कर प्यार की बातें किया करते थे।

किन्तु अपनी अवस्था को देखते हुए और डॉक्टरों के निर्देशानुसार अभी उसे इस सम्बन्ध में सावधान ही रहने की आवश्यकता थी।

फिर भी ज्यूँ ज्यूँ समय व्यतीत हो रहा था वह अपने प्यार के हाथों विवश होता जा रहा था और दरिया के किनारे आम के पेड़ की ओर खींचता चला जा रहा था।

अंततः जब उससे रहा नहीं गया तो उसने अपनी मां को अपनी दरिया के किनारे तक घूम आने की इच्छा के विषय में बताया।

पहले तो उसकी मां ने उस तरफ जाने के लिए मना कर दिया, किन्तु माधव इतनी देर के पश्चात घर आया था, उसका मन होगा थोड़ा

घूमने फिरने का। मां तो आखिर मां ही होती है। वह अपने बच्चों के हर इच्छा को पूरा करना चाहती है। किन्तु वह भी बेचारी क्या करे ? माधव के पिता भी उस समय घर पर नहीं थे। कुछ विचार कर उसने माधव को बहुत सावधानी पूर्वक जाने की अनुमति दे ही दी।

"ठीक है। घूम आओ तुम थोड़ी देर। किन्तु थोड़ा धीरे धीरे जाना। तुम्हारे पापा भी घर पर नहीं हैं। रत्नो को साथ ले जाओ तुम।"

जाना तो माधव अकेला ही चाहता था, किन्तु फिर मां के प्यार और उसकी विवशता को समझते हुए वह इसके लिए मान गया और अपनी बहन को साथ लेकर दरिया की ओर चल पड़ा।

"भैया ! कुछ दिन पहले ना उस मोहल्ले में एक शादी हुई थी। आप विश्वास नहीं करेंगे भैया, इतनी रौनक थी यहां दरिया के किनारे, आप सोच भी नहीं सकते। ऐसी रौनक पहले कभी नहीं हुई थी यहां पर। जब बारात दुल्हन को लेकर दरिया पार जा रही थी तो बहुत ही मज़ा आया। आप यहां पर होते न तो आपको भी बहुत ही अच्छा लगता।" इतने दिनों पश्चात रत्नो के भैया घर पर आये थे। वह खुल कर उनसे बातें करना चाहती थी।

"किसकी शादी थी ?" माधव का दिल धक् से होकर रह गया। लगा जैसे रत्नों ने उसे उसकी आद्रिका की ही शादी का समाचार कह सुनाया है। इसके आभास से ही मानो उसके भीतर का रक्त परवाह ही थम सा गया हो।

"यह तो मालूम नहीं भैया !" रत्नों ने बच्चों की सी मासूमियत से कहा।

ठण्डी ठण्डी हवा अब भी बह रही थी। माधव उन सभी दृश्यों को याद करते करते बेसुध सा होने लगा। उसने वृक्ष के तने के साथ अपना सर टिका दिया। तभी उसका हाथ वृक्ष के तने पर एक तराशे

हुए समतल से स्थान पर चला गया। उसने देखा वहां पर किसी ने किसी नुकीली वस्तु से खुरच कर कुछ लिखा हुआ था। माधव ने ध्यान से पढ़ा। लिखा था,

'कौन आएगा इधर, किसकी राह देखे हम।'

पढते ही माधव कुछ सहम सा गया। किसने लिखा है ऐसा। क्यों लिखा है। वह सोचने लगा। उसे लगा जैसे यह सब उसकी आद्रिका ने ही लिखा है और उसके लिए ही लिखा हुआ है। उसकी आद्रिका की शादी हो गई है और वह उसे छोड़कर हमेशा हमेशा के लिए चली गई है।

सोचते सोचते वह उदास सा हो गया। पहले की ही भांति उसकी निगाहें एक बार फिर उस मार्ग की ओर उठ गई जिस ओर से उसकी आद्रिका आती थी। लेकिन वहां पर कोई नहीं था। सारा मार्ग सुनसान सा पड़ा हुआ था।

सच ही तो था। अब कौन आएगा इधर ! अनुराधा थी, उसकी प्यारी बहन ! किस प्रकार कभी कभी उसे बुलाने यहां पर चली आया करती थी, जब वह मवेशियों को चराने लेकर आया होता था, 'भैया ! मम्मी बुला रही हैं या पापा बुला रहे हैं।"

आयु में उस से छोटी थी, इस पर भी वह अवसर मिलने पर कभी कभी उस पर रोब डाल ही दिया करती थी। अब कहां दिखाई देगी वह!

आद्रिका थी, उसकी जलपरी, जो उसे सामने दरिया के किनारे उभर आई पत्थर की शिलाओं पर दिखाई दी थी, कभी कभी उस से मिलने चली आया करती थी। अब शायद वह भी उसे कभी न दिखाई दे। सही ही तो लिखा है किसी ने या शायद उसकी आद्रिका ने 'कौन

आएगा इधर, किसकी राह देखें हम।" शायद उसकी आद्रिका, उसकी जलपरी भी सदा सदा के लिए उस से बिछुड गई है।

माधव की आंखों के सामने अन्धेरा सा छाने लगा और वह अपनी सुध बुध खोने सा लगा। देखते ही देखते वह बेसुध सा होकर एक ओर को लुढ़क गया।

"भैया ! भैया ! क्या हुआ !" माधव के नीचे घास पर लुढ़क जाने से रत्नो घबरा गई और जोर जोर से चिल्लाने लगी।

फिर जब कुछ भी उसकी समझ में नहीं आया तो वह उठ कर दौड़ती हुई दरिया के किनारे गई और अपनी अंजुरी में पानी भर कर ले आई और माधव के चेहरे पर छींटे मारते हुए लगी, "भैया ! भैया !"

माधव ने चेहरे पर छींटे पड़ते ही अपनी आंखें खोल दीं।

"क्या हो गया था भैया आपको ?" रत्नो न घबराये स्वर में पूछा।

"नहीं, नहीं मेरी बहन ! मुझे कुछ भी नहीं हुआ था। यूँ ही चक्कर सा आ गया था। अब मैं ठीक हूँ। आओ घर चलते हैं।" कहते हुए माधव उठ कर खड़ा हो गया और रत्नो का हाथ पकड़ कर धीरे धीरे घर की ओर चल दिया।"

मध्यांतर

(16)

राधिका की सगाई हो गई। राधिका चाहते हुए भी इसका विरोध ना कर सकी। करती भी तो कैसे। उसका कितनी ही देर से माधव से किसी भी प्रकार का कोई भी संपर्क ही नहीं हो पाया था। यहां तक कि उसके संबंध में उसे किसी भी प्रकार की सूचना भी नहीं मिल पाई थी। वह अपने मम्मी डैडी से विरोध भी करती तो किस आधार पर।

उसके माता पिता ने जब उससे इस विषय में पूछा भी तो उसने प्रतिउत्तर में इसके अतिरिक्त कुछ नहीं कहा कि उन्हें जैसा अच्छा लगे वो कर सकते हैं। उसे कोई एतराज़ नहीं होगा।

ठीक ही तो था। अब गुमनाम उम्मीद के सहारे भी कब तक जिया जा सकता है। एक न एक दिन तो सच्चाई से सामना करना ही पड़ता है और राधिका के सामने भी तो यह एक प्रकार की सच्चाई ही थी कि माधव अब उसके लिए एक प्रकार की मृगमरीचिका ही बन कर रह गया था। जिसका कभी भी कोई अंत नहीं होता।

सारी बात शशि बाला को बता कर राधिका बहुत देर तक रोती रही थी। शशीबाला सब कुछ जानते समझते हुए भी अपनी सहेली से कुछ भी ना कहने के लिए विवश थी। वह भी अपनी सहेली को एक प्रकार की झूठी आस बंधाना नहीं चाहती थी। क्या पता माधव के दिल में भी राधिका के प्रति कुछ है या नहीं। राधिका का यह प्यार एकतरफा ही तो नहीं है। ऐसे में ये वह राधिका से सचाई बता भी देती तो यह राधिका की भावनाओं से या उसके जीवन से एक प्रकार का खिलवाड़ सा ही होता, और ऐसा करना शशिबाला कदापि नहीं चाहती थी।

राधिका के ऐसे उत्तर से संतुष्ट होकर उसके मम्मी डैडी ने इसे उसकी सहमति ही समझा और दूसरे दिन ही अपने मित्र से इस सम्बन्ध में बात कर ली और तीन दिन पश्चात ही उन्हें घर पर दोपहर के भोजन पर बुला लिया।

उन दिनों लड़के को दो दिन की छुट्टी थी। इसलिए राधिका के डैडी ने चीफ इंजीनियर साहिब को उसे भी अपने साथ ही लाने के लिए कहा। इसी बहाने से लड़का और लड़की एक दूसरे को देख भी लेंगे और सब कुछ सामान्य होने पर अगले ही माह उसकी सगाई भी कर कर देने का मन ही मन निर्णय भी ले लिया।

तीन दिन पश्चात निश्चित समय पर मेजर साहब के मित्र परिवार सहित उनके घर दोपहर के भोजन के लिए आ गए। साथ में उनका लड़का भी था। लड़का पहली ही दृष्टि में देखने पर सुंदर था और शिष्ट भी। भोजन के दौरान दोनों ही परिवारों ने इधर उधर की बातें होती रहीं। जब भोजन समाप्त हो गया तो दोनों परिवारों ने लड़के लड़की का आपस में परिचय करवाया। लड़के का नाम अमित था। इसके पश्चात दोनों परवारों ने उन दोनों को कुछ देर एक साथ बात करने का अवसर दिया। जिसे ना चाहते हुए भी राधिका को स्वीकार करना ही पड़ा। वो दोनों ही बाहिर लॉन में चले आये।

साथ साथ घूमते हुए ही अमित ने कहा, "आपने चुप रहने की कसम खाई हुई है क्या ?"

"जी नहीं ! ऐसी तो कोई बात नहीं।" राधिका ने उत्तर दिया।

"तो मैंने देखा न बहुत देर से आप कोई भी बात नहीं कर रही हैं। भोजन के दौरान भी आप कोई बात नहीं कर रही थीं। कोई विशेष बात है क्या ?"

"जी नहीं ! ऐसा कुछ भी नहीं है।"

"मैंने देखा न कि आप जैसी पढ़ी लिखी मॉडर्न सोसाइटी की लड़की इस प्रकार चुप चाप सी बैठी हुई है। मुझे कुछ सामान्य सा नहीं लग रहा था।"

'यूँ ही मेरा स्वास्थ्य कुछ ठीक नहीं है आज।" राधिका ने कहा।

"तो फिर आपने कोई दवा वगैरह ली ?" अमित ने कुछ चिंतित होते हुए पूछा।

"हाँ !" राधिका ने झूठ बोलते हुए कहा, "थोड़ी ही देर में ठीक हो जाउंगी।"

"अच्छा ! एक बात बताओ।"

"जी पूछिए।"

"आप तो मुझे बहुत पसंद हैं, क्या मैं भी आपको पसंद हूँ। देखिये स्पष्ट उत्तर दीजिए। यदि मैं आपको पसंद नहीं भी हूँ तो बता दीजिए, मैं किसी न किसी बहाने से इंकार कर दूंगा।"

प्रतिउत्तर में राधिका ने कुछ नहीं कहा। कहती भी तो क्या ?

"यदि आप कोई उत्तर नहीं दोगी तो मुझे आपकी पसंद का कैसे पता चलेगा कि मैं भी आपको पसंद हूँ या नहीं?"

"चलिए अब भीतर चलते हैं। सभी लोग हमारी प्रतीक्षा कर रहे होंगे।"

"तो इसमें आपकी स्वीकृति ही समझूँ न ?"

राधिका ने इस बार भी कोई उत्तर नहीं दिया और भीतर की ओर चल पड़ी। उसके साथ ही अमित भी आ गया।

"अच्छा तो मेजर साहब, अब हम चलते हैं।" अमित के डैडी कहते हुए उठ गए। उनके साथ ही उनकी पत्नी और अमित भी उठ खड़े हुए।

"अभी इतनी शीघ्रता भी क्या है चीफ इंजीनियर साहिब, थोड़ी देर

ओर बैठ जाते।" कहते हुए मेजर साहब भी उनके साथ ही उठ खड़े हुए।

"नहीं मेजर साहब, अब हमें आप अनुमति ही दीजिए। शाम को अमित ने भी ड्यूटी पर जाना है। किसी दिन फिर आ जाएंगे" हँसते हुए अमित के पिता ने कहा, 'वैसे इस बार आपको हमारे घर आना होगा।

"हां, हां क्यों नहीं। जब भी आप कहोगे उपस्थित हो जाएंगे।"

"आप जब मन करे आ जाएं। वो भी तो आपका ही घर है। भगवान ने चाहा तो आना जाना तो लगा ही रहेगा।"

"अवश्य, चीफ साहब, क्यों नहीं।"

इस प्रकार बातें करते हुए वो सभी बाहिर आ गए। यहां अमित की गाड़ी खड़ी थी। अमित और उसके मम्मी डैडी गाड़ी में बैठ गए।

"ठीक है मेजर साहब, मैं शाम को फोन करूंगा।" अमित ने डैडी के इतना कहते ही मेजर साहिब को नमस्कार किया और गाड़ी आगे बढ़ा दी।

फिर उसी दिन शाम को अमित के मम्मी डैडी ने राधिका के पिता को फोन कर अमित और राधिका को एक दूसरे को पसंद कर लिए जाने पर बधाई दी थी और उन से शीघ्र ही सगाई और शादी की तिथि निश्चित कर लेने के लिए कहा था।

(17)

राधिका ने सारी बात शशीबाला को बता दी थी। शशीबाला भी इस में क्या कर सकती थी। फिर भी उसने राधिका को सलाह देते हुए स्पष्टतया सारी बात अपने मम्मी डैडी से बता देने के लिए और कुछ देर प्रतीक्षा करने के लिए कहा था। किन्तु राधिका को भी अब सारी स्थिति नियंत्रण से बाहर हो गयी लग रही थी। उसके मम्मी डैडी की अपने मित्र से बात बहुत आगे तक बढ़ गईं थी और अब उसमें किसी भी तरह का व्यवधान दोनों ही परिवारों की प्रतिष्ठा के लिए अच्छा नहीं होता।

वैसे भी यदि पहले भी बात कर ली होती तो भी राधिका क्या आशा रख सकती थी की माधव कब आयेगा। आएगा भी या नहीं। माधव ने तो किसी भी प्रकार से उस से संपर्क करने का प्रयास ही नहीं किया था। जबकि उसके पास मोबाइल भी था और स्वयं राधिका द्वारा दिया हुआ अपना नंबर भी था। लगता था कि उसके दिल में तो किसी भी प्रकार का उसके प्रति कोई भी अनुराग नहीं था। राधिका यूँ ही एक प्रकार की, अपने एक तरफ़ा प्यार की मृगमरीचिका के सहारे भटक रही है।

मरीचिका तो अंततः मरीचिका ही होती है, चाहे किसी भी वस्तु के प्रति हो। फिर इसका कोई अंत भी तो नहीं होता। दौड़ता दौड़ता इंसान थक हार कर बैठ जाता है। राधिका की भी कुछ ऐसी ही अवस्था थी। उस की भी हर आस समय के साथ साथ टूटती चली जा रही थी।

दूसरी और समय अपनी गति से पंख लगाए उड़ता चला जा रहा था।

अमित के माता पिता ने शादी की तिथि भी निकलवा ली थी। अगले ही माह शादी की तिथि निकली थी। दोनों ही परिवार शादी की तैयारियों में जुट गए थे।

देखते ही देखते शादी का दिन भी आ गया। शशि बाला तो वैसे भी उस से मिलती ही रहती थी।

राधिका उससे अपनी व्यथा भी कहती थी,"सबसे अधिक विचलित तो मैं तब हो जाती हूँ जब मुझे अपने भीतर माधव के रक्त के होने का आभास होता है। तब मुझे उसकी याद बहुत ही परेशान करने लगती है। एक प्रकार से मैं विक्षिप्त सी ही हो जाती हूँ। मुझे समझ में नहीं आता कि मैं करूँ भी तो क्या ? तब मेरा अपने आप को समाप्त कर देने का मन होने लगता है।"

शशीबाला उसकी मनोदशा से भलीभांति परिचित थी। वह अपनी प्रिय सहेली की यथासंभव सहायता करना चाहती थी। किन्तु उसकी समझ में नहीं आ रहा था कि वह उसकी सहायता कैसे करे। सहसा ही उसके मन में एक विचार आया कि क्यों न ऐसा किया जाए। मन में यह विचार आते ही उसने दृढ़ता से ऐसा ही करने का निर्णय लिया।

सर्वप्रथम उसने इस सम्बन्ध में संजय भैया से बात की। उसने संजय भैया से कहा कि जैसे भी ही यथाशीघ्र वह डैडी से माधव के मामा का नंबर ले और माधव से सम्पर्क करने का प्रयास करे। माधव के पास अपना भी मोबाइल है और निश्चित रूप से ही उसका भी नंबर होगा। किसी भी प्रकार से जैसे भी सम्भव हो वह उसका नंबर भी प्राप्त करें।

संजय सारी स्थिति से पहले से ही अवगत था और वैसे भी राधिका की इसमे यथासंभव सहायता करना चाहता था। उसने शशिकला से शीघ्र ही माधव से सम्पर्क करने का और उसका भी मोबाइल नंबर लेने का वादा किया।

दूसरे दिन संजय दुकान पर चला गया। हालांकि वह दुकान पर कम ही जाया करता था। व्यापार का सारा काम उसके पिता ही देखते थे और वह केवल अपनी कालेज की पढाई और मित्र मंडली के साथ घूमने फिरने में ही व्यस्त रहता था। फिर भी कभी कभी वह दुकान पर चला भी जाया करता था। इसलिए दुकान के सारे कर्मचारी भी उसे अच्छी तरह से पहचानते थे और सम्मान भी करते थे।

उस दिन जब संजय दुकान पर गया ते उस समय खन्ना साहब दुकान पर नहीं थे। माधव चल कर मैनेजर के पास उसके केबिन में बैठ गया और इधर उधर की बातें करने लगा। इस मध्य ही, जैसे ही उसे उपयुक्त अवसर मिला, उसने मैनेजर से माधव के मामा का नंबर ले लिया।

इसके पश्चात वह डैडी के केबिन में चला आया और एक ओर बैठ कर उसने माधव के मामा केदारनाथ का नंबर मिलाया। दूसरी ओर से 'हैलो !' का स्वर सुनाई देते ही संजय ने उन्हें अपना परिचय दिया, "अंकल ! मैं संजय बोल रहा हूं। देहली से। खन्ना साहब का बेटा।"

"ओह ! संजय बेटा कैसे हो? बहुत देर पहले ही तुम्हें देखा था जब आप सभी लोग माता वैष्णो देवी के दर्शन करने के लिए जम्मू आए थे। उसके पश्चात कभी भेंट का अवसर ही नहीं मिला। ना ही आप लोग कभी इधर आए ना ही हम ही देहली जा सके। यह कोरोना ने तो सारा व्यापार का काम ही चौपट कर दिया। हां ! खन्ना साहब कैसे हैं।"

"डैडी भी ठीक हैं।

"आज अकल कि कैसे याद आ गई? खन्ना साहब कहां हैं?"

"याद तो रहती ही है अंकल ! डैडी आज कहीं काम पर गए हैं। आ जाएंगे शीघ्र ही। कुछ कहना है उनसे अंकल?"

"नहीं ! ऐसे ही तुमने फोन किया तो पूछ लिया।"

"अंकल, माधव भैया कहां पर है। उस से भी बहुत देर से बात नहीं हुई।"

"मैं उस से मिला देता हूं अभी।" कहते हुए उन्होंने माधव को आवाज दी, 'माधव देहली से फोन है। संजय तुम से बात करना चाहता है। खन्ना जी का बेटा।"

कहते हुए उन्होंने मोबाइल माधव को दे दिया, जो उनके बुलाने पर उन के पास चला आया था।

"हेलो !" मोबाइल अपने हाथ में लेते हुए माधव ने कहा।

"हां, माधव भैया ! मैं संजय बोल रहा हूं। पहचाना ?"

"हां, हां ! क्यों नहीं भैया। क्यों नहीं भेया। आप को भूल सकता हूं क्या !"

"तो फिर याद नहीं किया कभी।"

"बस भैया ! यूं ही कुछ बातें ही ऐसी हो गई कि चाहते हुए भी नहीं आ सका।"

"मुझे मालूम है। अच्छा भैया, कभी समय मिला तो आना देहली। हां ! अपना मोबाइल नंबर दे दो।पश्चात में भी बात करुंगा कभी।"

"लिखो।" कहते हुए माधव ने संजय को अपना नंबर बेतां दिया।

"ठीक है भैया।पश्चात में बात करेंगे।" कहते हुए संजय ने फोन काट दिया।

संजय प्रसन्न था। घर जाते ही उसने शशिं बाला को बताया कि

आज उसकी माधव से फ़ोन पर बात हुई थी और उसने माधव से उसका मोबाइल नंबर भी ले लिया है।

कोई भी किसी की सहायता कर पाए या ना कर पाए किन्तु उसके लिए किये गए प्रयास पर भी अतीव प्रसन्नता का आभास होता है। हालांकि संजय को माधव का मोबाइल नंबर ही मिला था, फिर भी उसे ऐसा लग रहा था कि ना जाने उसने कितनी बड़ी सफलता प्राप्त कर ली थी।

उसने माधव के मोबाइल का नंबर शशीबाला को दे दिया, "यह लो माधव भैया का नंबर।"

"तुमने इसे कैसे प्राप्त किया ?" शशीबाला ने उत्सुकता से पूछा।

"इस बात को रहने दो अब। तुम्हें आम खाने से वास्ता या गुठलियों की गणना करने से।" संजय ने गर्व से कहा, पिछली बार भी उसके स्वस्थ ना होने और बहन की मृत्यु हो जाने के विषय में मैंने ही पता कर के दिया था न।"

"बहुत बहुत धन्यवाद भैया !" शशि बाला ने हर्ष विभोर होते हुए कहा और अपने कमरे की ओर भाग गई।

कमरे के भीतर प्रवेश करते ही उसने अपना मोबाइल उठाया और राधिका का नंबर मिला दिया। दूसरी ओर से राधिका द्वारा 'हेलो' कहते ही शशीबाला प्रसन्नता के आवेग में मानों चिल्ला ही उठी, "राधिका ! मिल गया।"

"क्या मिल गया ?" राधिका ने आश्चर्य से पूछा।

"वही जिसके लिए हम इतनी देर से तरस रहे थे।"

"कुछ बताओगी भी ?"

"माधव का मोबाइल नंबर !"

"सच !"

"बिलकुल सच ! लो अच्छी तरह से अपनी डायरी में लिख लो अब।" कहते हुए उसने नंबर बता दिया।

"नंबर तो मैंने किसी तरह से प्राप्त कर ही लिया और तुम्हें बता भी दिया। लेकिन मुझे एक बात का डर भी है।"

"किस बात का ?"

"तुम्हारी शादी की तिथी निश्चित हो गई है। ऐसे में तुम क्या करोगी। दो परिवारों की मान-मर्यादा का प्रश्न है।" शशीबाला ने अपने मन के शंका को प्रकट करते हुए कहा।

"हाँ ! यह बात तो है। लेकिन मुझे पूरा विश्वास है कि जब तुम मेरे साथ हो तो हम दोनों ही सहेलियां मिल कर हर बात को संभाल लेंगी।"

"वो तो ठीक है। फिर भी जो भी कदम उठाओ थोड़ा सोच समझ कर ही उठाना।"

"तुम चिंता मत करो मेरी बहन ! मैं जो भी करूंगी बहुत सोच समझ कर और तुम से सलाह ले कर ही करूंगी।"

"ठीक है। विश यू बेस्ट ऑफ़ लक !" कहते हुए शशीबाला ने कॉल को डिसकनेक्ट कर दिया।

(18)

जैसे ही राधिका को माधव का मोबाइल नंबर मिला उसके तो जैसे हर्ष का ठिकाना ही नहीं रहा था। उसने मोबाइल निकाला और माधव का नंबर मिला दिया।

कैसी बात होती है। मनुष्य को उसका प्यार मिले ना मिले उस प्यार से सम्बंधित किसी वस्तु के मिल जाने से भी अपने प्यार के मिल जाने की आस हो जाती है।

राधिका को क्या मिला था। मात्र माधव का मोबाइल नंबर ही तो मिला था। इस पर भी उसे ऐसा लग रहा था कि जैसे उसे उसका समूचा प्यार ही मिल गया हो।

"हेलो !" दूसरी ओर से 'हेलो' का स्वर सुनाई देते ही राधिका की जैसे सांस ही थम सी गई हो। उसके मुंह से कोई शब्द ही नहीं निकल पाया। समझ में ही नहीं आया कि वह कहे भी तो क्या ? वह तो मानों माधव का स्वर सुनते ही जड़ सी हो गई।

"हेलो, हेलो !" दूसरी ओर से जब फिर कहा गया तो राधिका जैसे होश में आ गई। किन्तु इसके पहले की वह कोई भी उतर देती कॉल कट चुकी थी।

कॉल के कटते ही उसे अपने पर गुस्सा आ गया। यह क्या कर दिया उसने। इतनी देर के पश्चात कठिनता से उसे माधव का नंबर मिल पाया था। उसका स्वर भी सुनाई दिया था और वह उससे बात तक भी न कर पाई। अपने पर ही झुंझलाते हुए उसने एक बार फिर नंबर मिलाया।

"हेलो !" इस बार जैसे ही राधिका को दूसरी ओर से माधव का स्वर सुनाई दिया तत्क्षण ही उसने उत्तर दिया, "मैं देहली से बोल रही हूँ।"

"देहली से ? कौन ?"

"पहचानो तो ज़रा !" ना जाने कैसे राधिका के मुंह से निकल गया।

"शिशु बहन ?" कुछ क्षण दूसरी ओर चुप्पी छाई रहने के पश्चात माधव ने उत्तर दिया।

'नहीं !" माधव द्वारा ना पहचाने जाने और शिशु का नाम लिए जाने पर उसे किंचित दुःख भी हुआ। फिर अगले ही क्षण उसने इस विचार को दूर झटक दिया। यह स्वाभाविक भी तो है। दो वर्ष के पश्चात वह उसकी आवाज़ सुन रहा था। कहाँ याद रहता है इतना।

"मैं राधिका बोल रही हूँ।" राधिका ने कुछ हर्ष भरे स्वर में कहा।

"राधिका जी !"

"हां ! मैं राधिका ही बोल रही हूं। जिसे आपने अपना रक्त दिया था। याद है कुछ, या भूल गए ?"

"जी नहीं ! मैं कुछ भी नहीं भूला।"

"फिर फोन करना कैसे भूल गए ? एक बार भी मुड़ कर नहीं देखा कि कोई आपकी राह भी देख रहा हो सकता है। एक बार भी याद किया कभी ?"

"जी !" माधव राधिका द्वारा एसे प्रश्न के लिए तैयार नहीं था। वह एकाएक ही कोई भी उत्तर नहीं दे सका।

"मैंने आपको कहा भी था, मोबाइल के डिब्बे में राधा कृष्ण के स्टीकर के नीचे एक मैसेज लिखा हुआ था न कि जब भी मोबाइल में

सिम डालोगे तो सबसे पहला फोन मुझे ही करना। पढ़ा था न ? यह तो अवश्य ही पढ़ा होगा। फिर फोन क्यों नहीं किया?"

इससे पहले कि माधव कुछ भी कह पाता राधिका ने अपनी बात को बिना रुके ही कहना जारी रखा, 'आपको एक क्षण के लिए भी यह ध्यान नहीं आया कि कोई आपके फोन की आस लगाए प्रतीक्षा में होगा ?"

"ऐसा नहीं था राधिका जी !"

"तो फिर कैसा था ?" राधिका ने कुछ उत्तेजित होकर पूछा।

"मैं कैसे आपको बताऊँ कि परिस्थितियां किस प्रकार से परिवर्तित हो गई थीं।"

"परिस्थितियां कैसी भी होंगी। लेकिन आप एक फोन तो कर ही सकते थे। जब आपने फ़ोन में सिम डाला था तब क्या आपको एक बार भी बात का ध्यान नहीं आया कि मैं राधिका के कहे अनुसार एक फ़ोन ही कर लूँ।"

माधव अपनी परिस्थितियों को फिर से याद करते हुए राधिका को नहीं बताना चाहता था। लाभ भी क्या बीती हुई कड़वी यादों को बार बार स्मरण करना और फिर दूसरों से कह सुनाना। अत : वह चुप ही रहा।

"माधव आप नहीं जानते, मैं उस क्षण को कभी भी नहीं भूल सकी हूँ, जब में बेड पर थी और आप का रक्त मेरे शरीर में फैलता जा रहा था। तब से हर पल मुझे यही लगता है यही कि आप मेरे साथ ही हो।"

"आप बहुत भावुक हैं।"

"शायद ! किन्तु मुझे यह स्वीकार करने में कोई संकोच नहीं है की मैंने जब से ही आपको देखा है, आप से प्यार करने लगी हूँ। बहुत

अधिक। बेइंतहा ! इसे मेरा पागलपन कहो या कुछ भी। लेकिन है ऐसा ही।"

माधव को राधिका की इस बात से एक प्रकार का सदमा सा ही लगा।

यह अलग बात है कि राधिका बहुत अच्छी लड़की थी और उसे अच्छी भी लगती थी, किन्तु इसका मतलब यह तो नहीं था, जैसा कि वह सोच रही थी। मैंने तो कभी उसे प्यार किया ही नहीं।

वह तो दुनिया में एक ही है जिसे वह प्यार करता है। उसकी अपनी प्यारी आद्रिका। उसकी जलपरी ! जिसे वह दुनिया में सब से अधिक प्यार करता है और जी जान से प्यार करता है।

"माधव ! मेरी बात ध्यान से सुनो। मैं आपको अपने जीवन की एक सब से बड़ी सच्चाई बताने जा रही हूँ।" क्षणभर चुप रहने के पश्चात राधिका ने कहना आरम्भ किया, "यह सच है माधव कि मैं आपको बहुत ही अधिक प्यार करती हूँ। जिस दिन मैं पहली बार आपसे मिली थी, तब से ही मैं आपको चाहने लगी थी, लेकिन जिस दिन दुर्घटना मैं घायल हो गई थी और आपने मुझे अपना रक्त दिया था, तब से मानों मैंने अपना सर्वस्व ही आपके नाम कर दिया।

हो सकता ही कि आप किसी और को चाहते हों। इसमें कुछ भी अस्वाभाविक नहीं है। जिस प्रकार मैं आपको चाहती हूँ आप भी किसी और को चाहते हों, ऐसा भी हो सकता है। इसलिए मैं आपको मुझ से ही प्यार करने के लिए विवश नहीं कर सकती, किन्तु यह भी सच है कि ऐसी सूरत में यदि आप किसी और को ही चाहते हों तो मेरा जीवन एक मुरझाये हुए पौधे की भाँति ही हो जाएगा। जिसमें शायद कभी भी बहार ना आये।

एक बात आपको और बताना चाहती हूँ कि मेरी शादी निश्चित हो गई है। फिर भी मैं कैसी लड़की हूँ कि ऐसे में भी एक मृग मरीचिका की भाँति ही अपने, शायद एक तरफा प्यार के लिए ही भटक रही हूँ।

फिर भी मैं चाहती हूँ और मरते दम तक चाहूंगी कि मेरे जीवन में तुम्हारा ही स्थान हो। शेष जैसी प्रारब्ध में निश्चित होगा।

एक बात और ! यदि आपके हृदय में मेरे लिए थोड़ा सा भी स्थान है तो मैं आपकी प्रतीक्षा करूंगी। शादी के दिन तक भी यदि आप की मेरे जीवन में आने की संभावना हुई तो भी मैं आपको ही अपने जीवन में सम्मिलित कर लेना चाहूंगी। यह मेरा अंतिम निर्णय है।"

इतना कह कर राधिका चुप हो गई और अपनी भर आई आँखों से आंसू पौंछने लगी।

माधव की समझ में नहीं आ रहा था कि वह क्या कहे अथवा क्या नहीं। राधिका एक अच्छी और सुंदर लड़की तो थी और वह उसकी ओर आकर्षित भी था। लेकिन किशोरावस्था में किसी के भी प्रति ऐसा आकर्षण स्वाभाविक ही था। इसका यह अर्थ कदापि भी नहीं हो सकता था की वह उसे चाहने लगा है। वह अपनी आद्रिका को छोड़ कर उसे कैसे प्यार कर सकता है। यह तो किसी भी सूरत में हो ही नहीं सकता।

प्रतिउत्तर में कोई भी उत्तर नहीं पा कर राधिका फिर कहने लगी, "माधव लगता है कि तुम्हारे हृदय में मेरे लिए कोई प्यार नहीं है। मैं ही दीवानी हूँ जो तुम्हें दीवानों की तरह इतना चाहती हूँ।"

माधव ने तब भी कोई उत्तर नहीं दिया। देता भी क्या ? वह तो अपनी आद्रिका का, अपनी जलपरी का दीवाना था।

"आज से ठीक एक सप्ताह के पश्चात मेरी शादी है। यदि आपके हृदय में मेरे प्रति थोड़ा सा भी प्यार हुआ तो मेरी शादी से पहले ही मेरे पास आ जाना। मैं आपकी प्रतीक्षा करुंगी।" कहते हुए राधिका ने फ़ोन काट दिया।

"ऐसा संभव नहीं है राधिका जी ! यह आपका दीवानापन है। क्षणिक मिलन को प्यार का नाम नहीं दिया जा सकता। वैसे भी आपकी और हमारी स्थिति में जमीन और आसमान का अंतर है.......।"

माधव ना जाने क्या क्या कहता रही लेकिन दूसरी ओर से तो फ़ोन कट चुका था।

(19)

आज सुबह से ही मेजर साहिब के घर में बहुत चहल पहल और रौनक थी। राधिका की शादी जो थी। सभी तैयारियों में व्यस्त थे। कहीं शामियाने लगाए जा रहे थे तो कहीं पर कनातें सजाई जा रही थीं। बहुत से अतिथी तथा सम्बन्धी आ चुके थे और कुछ आ रहे थे। सभी ही प्रसन्न थे। घर के लोग भी और बाहर के भी। एक प्रसन्नता जिसके चेहरे पर नहीं थी तो वह थी राधिका। राधिका के चेहरे को देख कर लगता ही नहीं था कि आज इसकी शादी है। ऐसा लगा था जैसे वह वर्षों की बीमार है।

ऐसी बात नहीं थी कि राधिका के मम्मी डैडी को यह दिखाई नहीं दे रहा था, उन्हें सब दिखाई दे रहा था लेकिन उनकी समझ में कुछ भी नहीं आ रहा था कि उनकी बेटी राधिका की इस उदासी और अस्वस्थता का क्या कारण है। उन्होंने इस बात को जानने का पूरा पूरा प्रयास भी किया था लेकिन वो कुछ भी नहीं जान सके थे। उन्होंने राधिका से यह भी पूछा था कि क्या वह इस शादी से प्रसन्न नहीं है या वह किसी और को चाहती है। लेकिन राधिका ने ऐसी किसी भी बात से इंकार कर दिया था। तब उन्होंने तक हार कर राधिका की सहेली शशीबाला से भी संपर्क किया था और उससे भी राधिका की इस स्थिति को जानने के लिए प्रयास करने को कहा था।

शशि बाला राधिका की इस मनोदशा के विषय में जानती तो अच्छी तरह से थी, लेकिन वह भी उन्हें क्या बताती।

वह कैसे उन्हें बताती कि राधिका को माधव से एक तरफ़ा प्यार है और वह उसीके प्यार के गम में घुली जा रही है।

"राधिका ! तुमने स्वयं माधव से बात भी की थी और उसने कभी भी इस बात को स्वीकार नहीं किया कि वह भी तुम से प्यार करता है, तो फिर उसके प्यार के गम में इस प्रकार तिल तिल कर अपने आप को जलाने का क्या लाभ ?" शशीबाला ने राधिका को समझाते हुए कहा।

"मैं भी क्या करूँ शशी ! दिल है कि मानता ही नहीं। यह पगला भी उसके पीछे भाग रहा है जो शायद उसका है ही नहीं।" राधिका ने भी अपनी विवशता प्रकट करते हुए कहा।

"लेकिन इसे समझदारी भी तो नहीं कहा जा सकता। यदि तुम्हें ऐसा ही करना है या सोचना है तो फिर शादी से भी पहले ही इंकार कर देना चाहिए था। इस दिशा में आगे बढ़ना ही नहीं चाहिए ही नहीं था।"

राधिका के कोई भी उत्तर न देने पर शशिबाला ने पुन : कहा, "इस प्रकार से तुम्हें अपने और अमित के जीवन को बर्बाद करने का भी तो कोई अधिकार नहीं।"

"तो मैं क्या करूँ ?"

"तुम्हें यदि मालूम होता न कि माधव भी तुम्हें चाहता है तो तब इस प्रकार के पागलपन का कुछ औचित्य भी था। किन्तु ऐसी अवस्था में जब तुम्हें माधव के मिलने की कोई भी संभावना नहीं है, मैं तुम्हें इस प्रकार से दो ज़िन्दगियों को बर्बाद करने का अधिकार नहीं दे सकती।" शशीबाला ने अधिकार पूर्ण भाव से कहा।

"किन्तु ना जाने क्यों, मुझे ऐसी अवस्था में भी लगता है कि शायद माधव मुझे मिल ही जाए।"

"ऐसा तुम किस आधार पर कह सकती हो ?"

"शायद...... !"

"सिर्फ शायद के आधार पर ही जीवन को दांव पर नहीं लगाया जा सकता। अब इन सब बातों को छोडो और कुछ चुस्त हो जाओ। जिसे देख कर तुम्हारे मम्मी डैडी ही नहीं हमारे जीजू अमित जी भी प्रसन्न हो जाएँ।" शशिबाला ने चुहल करते हुए कहा, "नहीं तो हमारे जीजू हमें ही दोष देंगे कि यह कैसी दशा बना रखी है तुमने अपनी सहेली की।"

कहते हुए शशीबाला ने राधिका को उठाया और अपने साथ बालकनी में ले आई। वहाँ दोनों सहेलियां बैठ गयीं।

"दुनिया बहुत हसीन है राधिका ! यह तो तुम भी जानती हो। यह झूठे सपनों के मोह में पड़ कर बर्बाद कर देने के लिए तो नहीं।" शशिबाला ने उसे फिर समझाया।

"यूँ तो तुम भी समझदार हो राधिका ! लेकिन एक बात को सदैव ही याद रखना। हर मनुष्य को अपने सपनों के पीछे तब तक ही भागना चाहिए जब तक कि उनके पूरा होने की आस हो। जब उनके पूरा होने की कोई भी आस शेष ना हो, तो तब उन्हें भूल जाना ही सब से बेहतर होता है।"

"राधिका ! राधिका !" तभी कमरे के बाहर से किसी के बुलाये जाने की आवाज़ सुनाई दी।

शशीबाला उठकर कमरे में चली आई और उसने आगे बढ़ कर दरवाज़ा खोल दिया। बाहर राधिका की चचेरी बहन संगीता खड़ी थी। उसने शशीबाला को पूछा कि राधिका कहाँ है। ब्यूटी पार्लर से मेकउप के लिए एक लेडी आई हुई थी।

शशीबाला ने संगीता को बताया कि राधिका और वह स्वयं बालकनी में बैठी हुई थी। इतना कह कर शशिबाला उस औरत को लेकर कमरे में चली आई और राधिका को भी भीतर बुला लिया।

शाम का समय होने को था और जैसे जैसे समय व्यतीत हो रहा था शादी के कार्य में संलिप्त लोगों की भाग दौड़ भी और अधिक बढ़ गई थी। शाम जब हो जाए तो फिर अन्धेरा होते भी समय नहीं लगता।

सर्दियों का मौसम था। अन्धेरा भी शीघ्र ही हो जाता है। इसलिए बारात आने से पहले सभी आवश्यक कार्य पूर्ण हो जाना भी आवश्यक था। तभी किसी औरत ने कमरे के भीतर आ कर पूछा कि दुल्हन तैयार हो गई है या नहीं क्यूंकि बारात भी आने ही वाली थी एवं संतुष्ट होने पर वह औरत चली गई।

और, प्यार का यह भी कैसा दीवानापन है कि राधिका अभी भी सबकी नज़रों से बचती हुई बालकनी में आकर सामने गेट की और ही निहार रही थी। यहां पर कम से कम वह तो नहीं ही था, जिसे वह अपनों परायों की भीड़ में ढूँढने का प्रयास कर रही थी।

तभी शशिबाला भी आकर उसके पास खड़ी हो गई। वह अब भी उसे ध्यानपूर्वक ही निहार रही थी। लेकिन कहा कुछ नहीं। उसे भी मालूम था कि जिसे राधिका की दृष्टि ढूंढ रही है वह उसे कभी मिलने वाला नहीं है। इसकी दृष्टि की प्यास शायद कभी भी बुझने वाली नहीं है। वह भी करती भी तो क्या ? कहती भी तो क्या ?

तभी बारात भी आ गई। चारों ओर बारात आ गई, बारात आ गई का शोर उमड़ आया। कमरे के भीतर राधिका के पास खड़ी लड़कियां भी भाग कर बारात देखने के लिए खुले स्थान और खिड़कियों के पास चली आईं। किन्तु शशीबाला राधिका के पास ही खड़ी रही। राधिका इस समय दुल्हन के वेश में सजी हुई बहुत ही सुंदर लग रही थी। जब राधिका ने भी बारात के आने का स्वर सुनाई दिया तो वह भी धीरे धीरे कदमों से चलती हुई बालकनी में चली आई। शशीबाला भी उसके

साथ ही थी। दोनों बारात को निहारने लगीं। अब कौन जाने दोनों में से किस की दृष्टि बारात की भीड़ में से किसे ढूंढ रही थी।

थोड़ी ही देर में बारात में आए दोनों पक्षों के सम्बन्धियों की आपस में मिलनी हो गई। तब तक बारात में आए हुए लोग खाना खाने में व्यस्त हो गए थे। कुछ लोग अभी भी नाचते गाने में तल्लीन थे।

बारात के खाना खा लेन के पश्चात वो लोग वापस लौटने लगे और दूसरी ओर लड़की पक्ष के लोग शादी की 'वेद' की तैयारियों में लग गए थे। जहां सारा मंत्रोच्चारण और शादी की सभी रस्में निभाई जाने वाली थीं।

(20)

सहसा ही शशिबाला को सामने से संजू भैया आते हुए दिखाई दिए। सुबह से शायद अब ही उन्हें यहां आने का समय लगा था। स्वयं वह तो सुबह शीघ्र ही आ गई थी और उसके मम्मी डैडी को भी भैया बहुत पहले ही यहां छोड़ गए थे किन्तु स्वयं यहां आने का समय शायद उन्हें अब ही मिला था।

सोचते हुए शशीबाला मंद सी मुस्कुरा दी और राधिका और उसकी दूसरी सहेलियों के साथ बातों में व्यस्त हो गई। थोड़ी ही देर के पश्चात दुल्हन को मंडप में आने के लिए बुलावा आ गया। शशीबाला और उसकी सहेलियों ने राधिका को अपने साथ लिया और मंडप में ले आईं। दूल्हा वहाँ पहले ही आ गया था और कार्यविधि में भाग ले रहा था। दुल्हन के आते ही उसे दूल्हे के साथ बैठा दिया गया और पंडितों द्वारा शादी की आगे की रस्म आरम्भ कर दी गई।

राधिका एक बेबस पंछी की भांति सभी क्रियाओं में भाग ले रही थी। राधिका और अमित के मम्मी डैडी के साथ ही उनके अन्य कुछ सम्बन्धी तथा शशीबाला और उसकी सहेलियां भी वहाँ पर उपस्थित थीं और विवाह की सारी कार्यवाही को उत्सुकता से देख रही थीं।

सात फेरों का समय भी आ गया। यह रस्म भी पूरी हो गई और शादी की अंतिम रस्म के साथ साथ ही शादी संपन्न भी हो गई। दूल्हा दुल्हन अब शादी के अटूट बंधन में बंध गए थे। जन्म जन्मांतर के लिए।

अब उन दोनों को एक कमरे में कुछ देर साथ साथ बैठने के लिए अनुमति दे दी गई। यहां वो दोनों पति – पत्नी फोटोग्राफर से अपने

विवाह की स्मृति के अमूल्य फोटो उतरवा कर उन्हें सहेज सकते थे।

कमरे में इस समय अब राधिका की अभिन्न सहेली शशि बाला और नव विवाहित जोड़ा ही थे। उनके अतिरिक्त अन्य कोई नहीं था।

शशीबाला ने द्वार की ओर बढ़ कर द्वार को भीतर से बंद कर दिया। फिर मुस्कुराती हुई उन दोनों के पास आई। शरारत से मुस्कुराते हुए उसने दूल्हे से कहा, "जीजू ! अपनी दुल्हन का चेहरा नहीं देखोगे क्या ?"

दूल्हे ने प्रतिउत्तर में कुछ नहीं कहा। शायद सेहरे के भीतर ही भीतर मुस्कुरा भी दिया हो।

"कोई बात नहीं जीजू ! झिझक तो स्वाभाविक होती ही है। मैं ही आपका काम आसान कर दूं।" कहते हुए शशीबाला ने आएगी बढ़ कर दुल्हन के चेहरे से उसके घूँघट को उलट दिया और मुस्कुरा दी।

दूल्हे ने सेहरे के भीतर ही अपना चेहरा राधिका की ओर घूमा दिया। 'वाह ! सुबहान अल्लाह !' राधिका का चाँद सा हसीं चेहरा देख कर मन ही मन उसने सोचा तो अवश्य ही होगा। लेकिन कहा कुछ नहीं।

"अब बारी हमारी प्यारी सहेली राधिका अर्थात दुल्हन की है। कोई हेराफेरी नहीं।" कहते हुए वह दूल्हे के पास आ गई।

राधिका ने घूंघट में लिपटा हुआ अपना चेहरा फिर से नीचे झुका लिया था।

"जीजू ! देरी क्यों हो रही है ? मेरी सहेली से अब धीरज नहीं रखा जा रहा है।"

धीरे धीरे दूल्हे ने अपना चेहरा राधिका की ओर घुमा लिया। किन्तु सेहरा अभी भी उसके चेहरे पर ही था।

"राधिका एक बार अपने प्रियतम को भरपूर नज़रों से देख तो लो। वैसे तो आयुपर्यन्त तुमने इसे निहारना ही है, लेकिन इस बार की बात ही कुछ ओर है !"

कहते हुए उसने राधिका का घूँघट फिर से उठाया और उसका चेहरा दूल्हे की ओर घूमा दिया।

अब दूल्हे ने भी धीरे धीरे अपने चेहरे से सेहरा उठाना आरम्भ कर दिया। अबकी राधिका की दृष्टि दूल्हे के चेहरे पर ही जैसे अटक कर रह गई थी। सहसा ही वह जोर से चिल्लाई, "माधव..... !"

यदि शशीबाला उसको संभाल ना लेती तो शायद वह इस अप्रत्याशित सदमे से बेसुध होकर गिर ही जाती।

"धीरे बोल ! धीरे ! कोई सुन लेगा।" शशीबाला ने अपने होठों पर उंगली रखते हुए उसे संकेत किया।

माधव सेहरे को अपने चेहरे से आधा ही उठाए हुए मंद मंद मुस्कुरा रहा था।

राधिका इस चमत्कार से बहुत हतप्रभ थी। उसकी समझ में कुछ नहीं आ रहा था कि यह सब हुआ कैसे। वह जानना चाहती थी कि यह सब हुआ कैसे ! लेकिन उसे यह सब जानने का अवसर ही नहीं मिला। जैसे ही उसने माधव का चेहरा देखा था, उसी समय बाहर से द्वार पर दस्तक पड़नी आरम्भ हो गई थी। फोटो ग्राफर के साथ ही उसके मम्मी डैडी भी खड़े मुस्कुरा रहे थे। राधिका उनकी मुस्कराहट से सब भांप गई और दौड़ कर अपने डैडी के सीने से लग गई। मम्मी से गले मिली और अमित के मम्मी डैडी के चरण स्पर्श करते हुए उनका भी आशीर्वाद लिया।

"मैडम जी ! हमारी भी तो छोटी सी भूमिका है इस पिक्चर में, चाहे गेस्ट अपीयरेंस की ही सही।" राधिका ने आवाज़ की दिशा में देखा तो

वहाँ अमित खड़ा मुस्कुरा रहा था। उससे निगाहें मिलते ही शर्माकर उसने अपनी दृष्टि झुका ली और आगे बढ़ कर उसके पांवों को हाथ लगाने के लिए नीचे झुक गई। लेकिन इससे पहले ही कि वह उसके पांवों को छू पाती उसने राधिका को मध्य में ही रोक दियाऔर उसके सर पर हाथ रख दिया।

(21)

मेहमानों के चले जाने के पश्चात जैसे ही थोड़ा समय मिला राधिका ने शशीबाला को बांह से पकड़ कर अपनी और खींच लिया, "मन तो कर रहा है कि तुम्हारा गला ही घोंट दूँ।"

"राम ! राम ! हे भगवान कैसा समय आ गया है। भलाई का तो ज़माना ही नहीं रहा। हमने कितनी भागदौड़ और परिश्रम से इस मैडम का खोया हुआ प्यार दिलाया। मैडम हैं कि हमारा ही गला घोंट देने की बात कर रही है।" शशीबाला ने राधिका के पास बैठते हुए अपनी बांह को छुड़ाते हुए कहा।

"वो तो मैं इस जन्म तो क्या अगले जन्म में भी तुम्हारी ऋणी रहूंगी।"राधिका ने एक प्रकार से उसके आगे अपने हथियार डालते हुए कहा।

"रहोगी नहीं तो जाओगी भी कहाँ। हम तो अगले जन्म भी तुम्हारे साथ ही रहने वाले हैं।" शशीबाला ने भी मुस्कुराते हुए कहा।

"अच्छा यह तो बता कि यह सब हुआ कैसे ?" राधिका ने पूछा।

"तुम्हारी सहेली हूँ ! तुम्हारे दुःख को थोड़ा ही देख सकती थी।" शशीबाला ने मुस्कुराते हुए कहा।

'फिर भी मैं जानना चाहती हूँ। तुमने यह इतनी बड़ी हेराफेरी की भी तो कैसे ?"

"तुम्हें अब आम खाने से मतलब है या उनकी गुठलियों की गणना करने से।"

"जाओ ! मैं नहीं बोलती तुम से।" राधिका ने अबकी कृत्रिम क्रोध से कहा।

"अच्छा तो सुनो ! आइए भी अभी फ्लाइट जाने में समय है।" शशीबाला ने कहना आरम्भ किया, "यह कहानी तब से आरम्भ होती है, जब संजू भैया को पता चला था कि माधव को एक दुर्घटना में गंभीर चोटआई थी और डॉक्टर्स ने इसे कम से कम तीन चार माह बेडरेस्ट के लिए कहा था। उन्हीं दिनों कोरोना का भी प्रकोप बढ़ गया था, जिसमें इसकी बहन की मृत्यु हो गई थी।

"लेकिन हम ने यह बात तुम्हें नहीं बताई और तुम से यही कहा कि माधव भैया का हमें कोई भी पता नहीं चल सका है।" कहते हुए शशीबाला क्षणभर के लिए रुकी और फिर कहना आरम्भ किया, "उसकेपश्चात जब तुम्हारी माधव से बात हुई तो हमें सारी बात का पता चल गया। वास्तव में हुआ यह था कि जिस दिन मैंने तुम्हें माधव का मोबाइल नंबर दिया तो तुमने तुरंत ही माधव को फोन कर दिया था। तुम माधव को फोन करने के लिए इतनी उतावली थी कि तुमने यह भी नहीं देखा कि मैंने जो तुम्हें काल की है क्या वो कट भी हुई है या नहीं। इसके पहले कि मैं अपनी काल काटते तुम्हारे फोन पर माधव की आवाज उभरी, और जैसे ही मुझे माधव की आवाज सुनाई दी, फिर मैंने फोन को नहीं काटा और काल को चलता ही रहने दिया आप दोनों की सारी बातचीत सुन ली। जबकि यह मुझे नहीं सुननी चाहिए थी। लेकिन शायद देवी मां की कुछ ऐसी ही इच्छा थी की मैं तुम्हारी सारी बातें सुनूं। इसी में तुम्हारी भलाई छुपा हुई थी।

मैंने मन ही मन निश्चय किया की चाहे जैसे भी हो मुझे तुम्हारे एक तरफा प्यार को पाने में सहायता करनी ही है।

तब मैंने यह सारी बात संजू भैया से कह सुनाई और संजू भैया ने किसी तरह डैडी से बात कर उन्हें माधव के मामा केदारनाथ जी से बात करने के लिए मनाया।

माधव के मामा जी ने भी सारी बात सुनकर साकारात्मक ही उत्तर दिया। उन्होंने बताया कि पिछले कुछ दिनों से माधव बहुत ही उदास एवं परेशान सा रहने लगा था। शायद उसे अपनी बहन की अकाल मृत्यु से ही बहुत बड़ा आघात लगा था। इसलिए ही उसके पिता भी शीघ्र ही उसकी शादी कर देने के पक्ष में थे।

उधर से साकारात्मक ही उत्तर मिलने पर समस्या थी राधिका के और अमित जी के मम्मी डैडी को मनाने की।

राधिका के डैडी तो पहले सारी बात सुनकर बहुत क्रोधित हुए, उनका कहना था कि यदि ऐसी ही बात थी तो उनकी बेटी ने उन्हें क्यों नहीं बताई। क्या वह उसके शत्रु थे। क्या वो उसका भला नहीं चाहते हैं। खैर अंततः वो मान गए।

इसी प्रकार जब अमित के मम्मी डैडी से बात हुई कि यदि यह शादी हुई तो एक साथ ही दो जिन्दगी तबाह हो जाएंगी। बात उनकी भी समझ में आ गई और वो भी हमारी बात से पूर्णता सहमत हो गए।

अब सबसे बड़ी समस्या थी माधव भैया, जो अब हमारे जीजू बन गए हैं, को समझाने की और सही राह पर लाने की। इसका सारा श्रेय जाता है हमारे संजू भैया को।"

कहते हुए शशीबाला फिर कुछ क्षण के लिए रुक गई और राधिका के चेहरे की ओर निहारने लगी। फिर उसने गहरी साँस लेते हुए कहना आरम्भ किया,"माधव भैया ! को लाइन पर लाना इतना आसान नहीं था। इसके लिए हमने बहुत विचार विमर्श किया और इस निर्णय पर पहुंचे कि यदि हमें अपनी प्यारी सहेली को उसके प्यार की मंजिल पर पहुँचाना ही है तो माधव भैया से व्यक्तिगत रूप से ही मिलना पडेगा।

समय बहुत कम था। इसलिए हमारे संजू भैया विशेष रूप से 'बाई एयर' जम्मू गए और माधव भैया से मिले। हमारे संजू भैया समझने और समझाने में सिद्धहस्त हैं। यह कैसे समझा बुझा कर तुम्हारे प्रियतम को लाइन पर ले आए, यह तो वही जानें, पर इन्होने अपना काम सफलतापूर्वक कर ही दिया।

तब हम सब ने मिलकर सोचा कि क्यों ना राधिका को थोड़ा तड़पने ही दिया जाए और यह सोच कर इसे सरप्राइज देने की योजना बनाई और देखो उसमें सफल भी हो गए।"शशीबाला ने मुस्कुराते हुए कहा।

"बहुत निष्ठुर है तू ! तुमने मुझ से भी सब कुछ छुपा कर रखा और अपनी सहेली को यूँ दिन रात तड़पाती रही।" कृत्रिम क्रोध से राधिका ने शशिबाला को परे धकेलते हुए कहा।

"अभी तुमने देखा ही क्या है मैडम !" अपने हाथ को नचाते हुए शशिबाला ने कहा और आगे बढ़ कर राधिका को अपनी बाहों में ले लिया।

लेखक की अन्य रचनाएँ

1. स्वप्न विश्लेषण (विश्लेषणात्मक)
2. सपनों की दुनिया (विश्लेषणात्मक)
3. सुहाने पल (काव्य संग्रह)
4. सफल जीवन (प्रेरणात्मक)
5. पल भर की छांव (अति रोचक उपन्यास)
6. अदृश्य लोक (विश्लेषणात्मक)
7. जीना इसी का नाम है (प्रेरणात्मक)
8. मैं साधु नहीं (विचारात्मक, आध्यात्मिक)
9. आप स्वयं को बदल सकते है (प्रेरणात्मक)
10. चांदनी (लघु उपन्यास)
11. आओ कुछ देर सोच लें (प्रेरणात्मक)
12. ऐसा होता तो नहीं (अति रोचक उपन्यास)
13. हवाओं का आंचल (सम्पादित, काव्य-संग्रह)
14. मरने से पहले (विचारात्मक)
15. डॉक्टर कसाई (कहानी संग्रह, डिजिटल)
16. रहस्यमय यात्रा (रोचक एवं रोमांचक उपन्यास)
17. रात अकेली है (अति रोचक उपन्यास)
18. ऐसा मेरे साथ ही क्यों होता है (प्रेरणात्मक)
19. दो कदम दूर थे (अति रोचक उपन्यास)
20. Dynamics of mind (Motivational)
21. Unleashing: Your Inner Greatness
22. Successful Life (Motivational))
23. मनोबल की शक्ति (प्रेरणात्मक)
24. स्वर्ग का मार्ग (प्रेरणात्मक)
25. किसकी राह देखें हम (अति रोचक उपन्यास)
26, लक्ष्य कैसे प्राप्त करें (प्रेरणात्मक)
27. आत्मज्ञान और आत्म-साक्षात्कार (प्रेरणात्मक)

www.ingramcontent.com/pod-product-compliance
Lightning Source LLC
Chambersburg PA
CBHW022014150726
47990CB00002B/649